图书在版编目（ＣＩＰ）数据

记忆的空纸盒 / 李永才著 . -- 成都 : 四川文艺出版社 , 2022.12
ISBN 978-7-5411-6539-9

Ⅰ . ①记… Ⅱ . ①李… Ⅲ . ①诗集 - 中国 - 当代
Ⅳ . ① I227

中国版本图书馆 CIP 数据核字 (2022) 第 228544 号

JIYI DE KONGZHIHE

记忆的空纸盒

李永才　著

出 品 人　张庆宁
责任编辑　朱 兰　蔡 曦
封面设计　叶 茂
内文制作　史小燕
责任校对　蓝 海
责任印制　喻 辉

出版发行　四川文艺出版社（成都市锦江区三色路 238 号）
网　　址　www.scwys.com
电　　话　028-86361802（发行部）　028-86361781（编辑部）

印　　刷　成都蜀通印务有限责任公司
成品尺寸　145mm × 210mm　　　开　本　32 开
印　　张　14　　　　　　　　　　字　数　280 千
版　　次　2022 年 12 月第一版　　印　次　2022 年 12 月第一次印刷
书　　号　ISBN 978-7-5411-6539-9
定　　价　80.00 元

有一些质朴和随意甚好

——序李永才新诗集《记忆的空纸盒》

/ 梁 平

诗歌这些年被诟病大可不必怨天尤人。

造成这个问题的原因很多，比如诗歌与社会、与人的疏离，比如诗人圈子不厌其烦地折腾自己的江湖，还比如浮在面上和卷缩一隅的诗人日复一日膨胀的自负和自恋，很多比如，诗坛并不优雅的乱象严重影响了人们对诗歌的尊重。

诗人李永才也在其中受累，当我面对他即将付梓的新诗集《记忆的空纸盒》的那个时刻，我重新看到一种光亮，而且坚信这种光亮不止于星星点点，真正对诗歌有敬畏之心的人，会找到和我相同的感觉。中国作为诗歌的国度，还有那么多真正的诗人在真诚的对待诗歌，不去理会那些非诗的热闹，不在诗歌里装神弄鬼，任何时候恪守自己灵魂的一方净土，用李永才《蓝色的下午》里的一句诗来说，"有一些质朴和随意甚好"。

三年疫情我们经历了很多，也给我们如何看待人间物事留下很多宝贵的启示，"自己是自己健康第一责任人"，这句话拿来静观诗坛的守望者，任凭乱云飞渡，在其中，不在其中，洁身自好，写好自己的诗才是至关重要的。

诗人李永才在大学时代就与诗歌结缘，四川师大校园诗歌圈子的青葱岁月成为他生命里的重要的印记。尽管以后有很多年很多原因，他似乎与诗歌渐行渐远，但是这个印记始终没有磨损，所以伴随新世纪的来临，诗歌的火焰重新在他身体里燃烧起来，而且越烧越旺，最近几年大有燎原之势。《记忆的空纸盒》收录了他的300多首诗歌，400多个页码，洋洋洒洒，可谓浩瀚。这里面很多诗我读过，有的是第一次读到，"空纸盒"是诗人的一个隐喻，"喧嚣的表象之外，一定有着永恒和谐的静谧空相"。李永才的诗，质朴是他一以贯之的诗的品质，随意则是他我行我素，不介入纷争，不随波逐流的笃定，随自己的意。

王国维说纳兰性德"以自然之眼观物，以自然之舌言情，故能真切如此。"我特别喜欢这里说的"自然之舌言情"。换句话说，纳兰性德之所以能够成为"北宋以来，一人而已"，就是因为他能在北宋艳词堆里以"朴"弃"艳"，说人话，比如《如梦令》里的"还睡、还睡，解道醒来无味"。所以，我一直以为，质朴不仅是一种品质，更有一种力量。诗人李永才深谙此道，这么多年写诗，就语言策略而言，拒绝花哨，拒绝修饰，一直秉持在诗歌里说人话：

一粒车厘子，在匆匆的早晨

可以成为阳光的子弹

击穿银泰城的肌肤，梦中的花园

让你显得越来越抽象

从不关心鲜肉和大葱的价格

清风明月，不是你必须的生活资料

每一棵草木的细节

都被你标识为

从金融城到五根松的路线图

一群车厘子，数过每一节车厢

谁也不曾注意

多少惊心动魄的色彩，已然流逝

每一个站台，都是一种缪论

让人无法判断历史的走向

秋到高处。车厘子落满失序的树枝

成熟而明亮的表情

似乎遗忘了，季节之外的忧郁

真诚地散发出，水果和奶糖的味道

从乘客手心长出的车厘子

保留着紫红的本色

像锦江上泛起的灯火

不动声色地讲述

一个血红的世界，有多寂寥

　　——《车厘子》

读这首诗很可能漫不经心地让它溜走，我读这首诗却感到了生活忧郁、寂寥的疼痛。这首诗从车厘子带出来的银泰城、金融城、鲜肉、大葱、地铁站台、车厢，这些貌似毫无关联的日常琐碎，却暗藏不能调和的冲突。大家应该清晰的记得，车厘子刚刚出现在人们视野里的时候，是一种奢侈，一种高贵，显然"不是你必须的生活资料"，有点高处不胜寒。在我们太多为生计而奔波的早晨，那种突兀的"血红"被诗人的敏锐捕捉，这样的场景不是不能看见，而是不能像诗人一样，发现、捕捉、思考、想象成击穿这个城市常态的子弹，而且，这颗子弹击穿的不只是一地鸡毛，也有这个城市实际与己无关虚拟的富丽堂皇。这首诗质朴的力量，让我想起老诗人公刘说过的一句话，"诗歌在艺术技巧上耽恋华丽与精巧，那种玩弄游戏的写作其实是较低层次的东西，其目的就是掩盖作者内心的空虚和知识的不足。"李永才的诗，很多时候总是在幽微之处寻找自己的爆破音。这就是所谓"'看见'不仅意味着置于眼前，它还意味着保存在记忆中。"（米沃什）

李永才的随意是随自己的意，那就是刻意。这种刻意我理解为对现实的指认和辨析，这个过程需要时间、朝向真相的认知和批判、审美观和世界观的完善。比如这本诗集里的另一首小诗《桂花巷》：

一条兵丁胡同

被桂花的香气，沁了几百年

于是就有了，丹桂胡同的称谓

不足千米的小巷子

搭配一些小吃店、小茶房

小商铺和秋天的底色

就有了，小市井的优雅

与小日子的闲适。清晨的小雨

叫醒了一位正蓝旗的兵丁

发现一排桂花树，倒在阳光下呻吟

桂花巷没了桂花

打千儿的旗人，在庭院叹息

一些街巷也在叹息，比如槐树街

梨花街和泡桐树街

　　这首诗很短，短到了缓不过气来，令人窒息。诗人轻描淡写的随意和刻意，无论与诗人是不是同在一个城市，一条街道，桂花树"倒在阳光下的呻吟"，都会让人揪心，让人叹息。不得不面对的咄咄逼人的现代化，城市建设在人们心里的"伤筋动骨"，已不是意外和个别，很多时候总是在"发生"之后，才能够觉悟不该发生。这首诗是"小切口"做了"大文章"，这是诗人应有的担当，也是诗歌应有的担当。时间、认知和批判，这首诗值得留下来作为这个城市的一面镜子。

　　和李永才交往已经二十余年，他的诗歌创作以及他为诗歌公益任劳任怨所做的事情，历历在目，这没有别的原因，唯一的理由就是他对诗歌的敬畏。《记忆的空纸盒》里有我很多喜欢的诗，那些诗与自然亲近，与烟火亲近的真情实感，随处与读者共鸣。读李永才的诗值得信任。

是为序。

2022·12·9于成都·没名堂

目录

第一辑 大自然的多声部

记忆的空纸盒

第二辑 在枝头，或灿烂的蝴蝶

第三辑 万物在风中倾斜

记 忆 的 空 纸 盒

第四辑 湿漉漉的记忆

第五辑 时光的另一种定义

第六辑 每一片秋叶都是倒叙

第七辑 风向与坐标

第一辑

大自然的多声部

列车远去了

列车远去了。湖水静下来

悄然宽松的车站

剩下一个多余的人，默默走出

想用无穷的仰望，为天空刷一层湛蓝

尽管有些事物

不是视野所能完成的

但一个晴天，也是不可多得的美好

此刻阳光是透明的

你可以看见，被秋风掏空的广场

被隔在楼宇之间

空旷是特别的安排，有人在喊青春

有人在寻童年丢失的草帽

八月稀疏。我的目光贫穷如镜子

只看见一串清澈的足音

溪水一样流走

稀疏的人间

稀疏的人间，香樟树淡然

安静如斯。困顿和局促是最适宜的

像屋檐下安静的懒猫

十月的香樟树下，空气混浊

我无法精确地描述

城市的形态、感受及每一个场景的风格

视野所及，灰暗的墙上

黄昏散漫，被时光刻成余晖

此时此刻，心系一缕残阳

或许是最好的结局

据我观察，南河像一条跌宕的弧线

被某种手法虚构

所有的波澜壮阔，都无法改变

老街稀落

秋后的老街，落叶踩响青石板

黄昏曲折如小令

铺设在水岸，一条委婉的巷子

行人稀落，仿佛从寺院坍塌的晚霞

倾心于斑驳的灰墙残瓦

一把红漆怎能说尽，古宅门辟下的山水

历朝风雨，扬葩振澡

让一种清新的优雅，婉约于

西高东低的分水岭

昨日往来的邮差，穿过一声啼鸣

把春秋来信，
送达一个失踪的地址
老街是一只沧桑的瓦瓮
月光乘虚而入，在无人问津的角落
粉饰一些几何曲线
最后敞开的是核桃的内心
是季节中的女人
一阵喧嚣后，归于寂静的灯火
万物有形，而流水无期

无序与有序

花可以乱开，鸟也想乱叫
在江边，那些走来走去的石头
沉默了多年，如今也加入了
胡言乱语的行列
乱是一种秩序，无须维护
也无须赞美。是少年的无间道
是岁月复活的物象
比如铁匠铺的锻打声，杂乱无章
却让卧槽的老马，吃了一次回头草
你的伦理，太过完美
请让我以一头乱发，为你放浪形骸
这是无序中的有序。

就像千年的古城，被一条大河
条分缕析。总有一些
雪泥鸿爪，被时光之师
捡拾在岸边。流水反复苍茫
与这种苍茫同步的，是溪流中的鱼儿
经历了真正的风吹浪打
对眼花缭乱的世界，已无心
为一棵女贞子
控制自己，值得骄傲的欲望

蓝色的下午

下午是蓝色的，风声也是
我执念于一溪云，半江春水
无声无息。闲情甚多，仍需一分淡定
在我的眼里，鸟儿观物的兴趣
与姑娘的青春一样醒目
我的想象更多地趋于
那些发呆的广告牌，流动的孤独
以及瘦马一样的星子塔
我们将奢靡遮蔽，让不堪掩饰起来
有一些质朴和随意甚好
整个下午，我沉默于颓废的椅子
把纷乱的天空，仰望成有序的蓝色

记 忆 的 空 纸 盒

总想在一些自由散漫的云朵中
捕捉一段失踪的序曲

灰麻雀

灰麻雀一群，仿佛一场秋雨
落在旧时的城墙
这似乎让我有了新的认知
生命不止是一只散佚的候鸟
许多雨季过去了。我喜欢的旧报纸
旧马车，云蒸霞蔚的旧日子
都成了十字街头的遗梦
好些片段，都是空白和恍惚
唯一让人安心的
在灌木和杂草之间，仍有一条小路
可以走回原地
在那里，可以体验柠檬一样的酸味
一个细小、清凉，
不动声色的地方，流水低回
却始终守护着一群孩子

枫林已晚

颜色，只是一种态度

阳光，以一种忧郁的形式

引诱我们走进深秋

不做作，不声张，委婉而任性

城市的表情，越来越古典

仿佛多年不遇的故人

以泛游的姿势，梳理时间的刻度

一列快车，从窗外逝去

像一只候鸟，掠过萧索的年代

将我们分别在两个季节

我在南转北折中，找不到命运的站台

为了一次不速之旅

几乎耗尽了半生的盘缠

大自然的多声部

我每天路过，这一丛花草

不同的季节，有不一样的色彩

但我似乎记不清，它们有什么不同

道路两边，缭乱的色彩

是一张长长的印花床单

在秋风中自由地铺展

或许，把它比喻成奔跑的梅花鹿

更为贴切。说起这些静物

日升月落，雨停风晴

我草木一样的心，总是起伏不定

而那些运动的力量

像反复涨落的潮汐，蓬勃之中有宽广

寂静之中有彷徨

我的身后，一切都在逝去

人世已秋，芳华更替

这些情景和场面，不是最好的

也不是最差的

大自然的声音，不管从哪里来

都有一定的路数

那些走调的，一定是人类的声音

就像莉顿·梅斯特姑娘

回荡在吉他上的青春之歌

不是发自内心的抒情，而是为了

某个季节的绯闻

复活的只是影子

大地荒凉，谁之过？

黄昏的视野里，哥伦比亚的影子

像一片热爱战争的雨林

在大海雀的皮肤上

生长出一阵炽热的季风

从海那边吹过来。让得克萨斯的红狼

消失于理查德·欧文的气候

同时消失的，还有纽芬兰的白狼

大洋洲的袋狼和陆行鸟

这些不安分的性格，像一个人的感伤

成为这个世界，争论不休的话题

而此刻，一些金色的猴子

在荒寂的秩序里

散发着新鲜的气息，像故乡的橘子林

成熟的春见，依然活跃

在经典的细节里

像踪迹，像疑问，像灿烂的笑声

被阳光照着，被少女叫着

"稍有逸乐时"，停留于一处暮色

忽明忽暗的灯火

改变了人间的某些逻辑

比如，白云在另一个屋顶

变成了悠然的鸟粪

鸽子的问候

这是黎明时分，一只早起的鸽子

向我问候：早安！

省略了一些细节。这是否意味着

人类的生活，正在被善待

就像古旧的窗台，在落叶的影响下

有了一段称心如意的爱情

那些金色的号角，饱满而多汁

对空荡的街道而言

就是幸福的全部

这多像一个鲜活的童话

在鸽子的梦里，反复讲述

一个时代的命题

鸽子的叫声远了，无所谓江山

更不会在意生活的真相

就像潮湿的闪电

掠过上帝的额头，风中的山楂树

就有了火柴的经验：

当歌唱成为往事时，忧伤的灯火

忽隐忽现……

懒洋洋的时光

春天的椅子上，落满懒洋洋的时光

坐久了，就有无数的可能性

就像高天上的流云

稍有不慎，就会从枝头掉落下来

对一个空寂的院子而言

有一点新鲜的阳光，野花和旧木窗

再添上几朵白云，就足以表达
这个季节，有别于其他的特殊性
在我的视野里，所有的静物
都有鲜活的生命
我的椅子，坐过春华秋实
也坐过花好月圆。今天仍坐在这里
有阳光晒着，有春风吹着
整个下午，椅子都是院子的核心
当说话的人离去，落叶便安静下来
我从百年前的庭院
回到现实的台阶，仿佛一步之遥
——季节一转身
椅子就空了

上帝的来信

又到元夕日，依旧临水而居
草木凄凄。于我而言
这可是，多么幸运的一天
半个世纪前，我像一封上帝的来信
被拣选到人间
贫穷和苦难，养育了一个少年
浪迹天涯的忧伤。一粒尘世的草芥
命定会落入一串艰辛的脚印

鸟声多与少，阳光有与无

从来都无关痛痒

我体内的湖泊，早已风平浪静

匆匆掠过的春风，是旅程的一部分

因为太快，所以慢下来

这个年纪，适合将时间的发条

再紧一紧。迅疾老去的岁月

值得尽力去珍视

人烟稠密，生活应该渐渐地空下来

我的道路，越走越窄

怎么修，也不再有金光大道

新事物太多。我还是喜欢经年的东西

先辈们来过了，一生劬劳

然后默默地离去

此刻，适合掌一盏灯火去怀念

在这个特别的日子

我只想穿过清澈的溪水、新鲜的空气

走进如潮的花市

我必须洗手、消毒，一尘不染

去约见那个"意外之人"

雨后的黄昏，因为有哨声

春风一样吹响；因为有神，如此宁静

过了今夜，似乎才有个人样

黎明的可能性

黎明，走出封闭的栅栏

就有了许多可能性。自由的鸽子

在窗台上寻觅早餐

生活正在变得，如此地荒谬

如果你想看天空

云朵就是脱脂的牛奶，在桌面上流淌

许多事物失去了真实的颜色

而徒有微笑的面孔

如果我们乐于接受，眼前这些麻木

破碎和枯萎，或许就可以理解

生活所需要的一切

我试着与黎明交谈，一些敏感的话题

用刚刚苏醒的衣袖

笼络一棵构树，阳光和风

确认街上的行人，有多少爱和意义

伫立于阳光下的构树

每一棵都有自由的人形。而阳光的锤子

不断地敲击玻璃窗，那种清脆

美妙如晨曲。如果再重一点

又担心碎了一天的期待

这些喧嚣而匆忙的片断，属于黎明

也属于我。我必须赶在九点之前

让等在电梯门口的照妖镜

认出一张疲倦的脸

东西有道

春风遇见一列快车，让人格外惊喜

一次春天的旅行

似乎有了异乎寻常的意义

——多少犀利的风声

朝向辽阔的往事追寻，阳光是波浪形的

一场夜雨养育一个城市

在成都与重庆之间，隔着一杯酒的距离

而我与故乡之间

隔着一个少年的闲愁

是时候了，回头看看来路

沧桑炎凉，都是不容错过的好风光

花开花落，无须什么理由

这将是我们一生中，最好的时刻

找一个形色隐秘的地方吧

在虚拟的世界里，让清晨的鸟鸣

叫醒无法完成的旧梦

——在夕阳落山时，所有斑斓的事物

都会呼啸而过

枣树上的秋天

秋天，从一棵枣树上落下来

椭圆形的红色，成了季节的主题

我在一粒枣刺的秘语里

寻找一点童年的记忆，记忆破碎如落叶

有丹枫、火炬和红叶李

以不同的形式，弥补秋天流逝的部分

而一树黄栌，恰似一个红衣少女

穿过南山的曲径

在老屋的花园里流淌

似雾非雾，仿佛我一生的期待

秋风如梦，托着一枚山茱萸的小手

在荆棘丛生的枣树林下

翻捡一个人的往事

枣树的影子，越来越远

但每一粒大枣，都曾有过

阳光灿烂的日子

那些被时光风干的果实

显得如此的安静

仿佛整个南山的风景

即将从秋天开始

春天的真实性

三月，在风中摇晃

那些少年模样的花楸树

泼皮打滚地喊叫

把每一个山头，从梦中喊醒

从南方到北方

一幅古典主义的油画

漫过了暧昧的黄昏

那些迷失于道路的油菜花

像季节的情人

在传统的表情里泛滥

这些年轻的影子，被远方描述成

风和日丽的阳光、雨水和气候

记忆被春雨复活

总会有新的开始。有人隔空唤鸟

有人为流水，扬起一段小调儿

这就是我想说的

春天的真实性

北京的春朝

晨曦微露。一些乌鸦便开始了
——叽叽喳喳
这些流浪于枝头的歌手
将城市的天空，当成自家的花园
肆无忌惮地尖叫，惯常的日子
被切割得七零八落
鸟儿的絮语，是市井的飞短流长
有的在诉说长街的过往
而另一些，似乎在寻找春天的真相
人事繁复，悲鸣只是一种形式
不可借鸟类的言辞
表达人间的阴晴。这样的早晨
时光短暂，北方破晓在即
一些事物急于挤出去
我分明看见，一只乌鸦
从皇城根儿的记忆里飞走
一些神秘的影子
也随之消失

记 忆 的 空 纸 盒

城市的青衫

常忆起，窗外细雨
湿透一座城市的青衫，牧童吹散夕阳
吹走十万亩惊喜的麦浪
多少鸟雀落竹枝——
在你的眼里，月光就是一只小兽
每一次奔跑，都会带来意外的幸福
在巴蜀画派手上
面包落在桌面，就像新闻掉在地上
你把插在他乡的小旗
当成自己的阵地，一腔锦绣沦陷于温柔
那是迟早的事
常守候，秋雁南飞
恰逢满树桂花香。有多少金色的故事
向人间倾诉
就有多少云水之梦成为故乡
月升日落，都各有自己的情怀
怀远楼下，一只苍鹭飞过岷江
鸟类的禅修
比人类显得更为矫情

芙蓉颂

秋风吹过时，燕子和花园
如此遥远。——唯有芙蓉如往事
扶着阳光而来
整个秋天，因一次花事
被抽象成，一种简略的修辞
我难以想象，这样的季节
比春天还透明

那些闪烁的，跳跃的
幸福的花朵，在枝头上流连
一粒寒霜，如脂粉
抹在美人的脸上
仿佛一朵落霞，醉于黄昏
粉花拂柳。多么快意。

晚风过南湖。芙蓉出秋水。
波光花影，摇碎了
似水流年的日子。一枚月色
千古宁静。让所有的事物
都放慢了脚步

　　　　　　　记 忆 的 空 纸 盒

我们相约在深秋
去草堂、去锦江、去宽窄巷子
去看想看的花，见想见的人
花开三色，人见一秋
一枝芙蓉，是秋天的火种
撒在哪里，都有一种
出乎意料的好心情

在羞涩的微风中
我与一朵芙蓉对视。那一刻
似乎遇见了，昔日的情人
她向一片秋色
敞开了，红湿的内心
而我却听见了鸟鸣
听不见花开

开在路边的芙蓉，喃喃自语
对过往的旅人
反复述说，一个城市的形色
岁月的深处，除了小桥流水
还有一些风马牛的掌故

开在琴台路的芙蓉
拂过脸颊的那一朵，有爱情的味道
看不见的温柔

被江水流走。像一曲琴声
缠绵之后，仍悠扬如初

武侯祠的人物，有些旧了
但旧了的日子，从不缺少生机
像后院的芙蓉花
去年旧了，今年又开出了新鲜
白里透红的模样
一点儿也没有改变

在百花潭，我想说
百花只是一场虚构的大戏
缓缓地开，缓缓地落
唯有芙蓉照水，才能从南方的花径
走进精致而美好的生活

秋雨入夜，我的屋檐下
一朵芙蓉如妃子
笑看西岭的枫叶，红肥绿瘦
面对无言的尘世，一次温暖的想象
足以拂去喧嚣的鸟影

芙蓉花开了，开在锦江
桥头多了护花人
芙蓉花开了，开在窗外

一场秋雨洗绿窗
秋天的脸上，一朵妖娆的白云
试图由白变红

隔窗听雨

一场夜雨之后，迷途的人
所看见的春天
是这个城市，东张西望的窗扉
春风得意，看到的
却是无家可归的马蹄
在等待未来的路口
我又看见，乱花已经燃过了
幸福的记忆
莫非今晚的月光，已真的变形？
我沉浮的道场
总有一些寒霜铺地
尘世的悲欢，不过如此
当我们谈到：春光明媚时
其实，岁月已经老了
凄风苦雨，无非一张旷古的大幕
悬在天空。闭合之间
时光的锈迹，比日子还多
于我而言，爱情和生命是留不住的

唯余一朵白云，从头顶飘过

春天多无奈

今天开始打春。我把城市的挂图

从东边翻阅到西边

也没有发现，春天行走的影子

在上帝制造的屋檐下，阳光刚一露头

就遭遇一群乌云的攻击

而溃不成军。阳光这般无力

如何从风霜雪雨里，解救东风？

我多么希望，听见一些嘹亮的水声

让一些微不足道的现象

从不同的角度，去揭示事物的层次

徘徊于季节之门

我不断地追问，春天在哪里？

季节的雨水、海棠，这些关门闭户的房子

与立春有什么关系？

生活被无常的气候，反复折叠

已失去了应有的形状

春天多无奈。我不希望让猴王的帽子上

那只忘形的小鸟，再说三道四

谷雨潇潇

是时候了。让一些事物进入生活
在这个温暖的日子
我看到了，梨花飞雪河沿
阳光清晰的影子，穿过如绸的春水
到处是蒸蒸日上的光阴

江山多妩媚。听命于雨水的季节
满怀优秀的言辞
翠鸟掠过时，一场谷雨
将一大片白色的柔情，撒在田园
布谷缠绵，每一声呼唤
都可以生长一片芳菲
落英纷扬时，灿烂如风的少女
将心中小小的爱
敞向天空。万物有灵
一个下午的风，不停地吹
这些暖风吹来的寂静
足以让我听见
草色呼啸的声音

自然笔记

走进植物园，是一种情趣
更是一种优雅
供你观察的，终归有蔷薇、有棕榈
有无数的雨林，黄了
不过，我喜欢记我所看
我看见了疏林草地，辽阔无边
我记录下南洋杉，
绵长的雨季。记录下十月的阳光
在一片沙生植物上走动
阳光下的灰鸽子，把一种葡萄牙风格
涂抹在几座历史建筑上
走过窗前的天使，值得我记录
岛屿的回忆，一样得记下

我所记录的，是一片秋天的丛林
有桉树的孤独、香樟的沉默
岸边的苏铁林，是最有气势的那一种
为了在花序中，酿制一壶老酒
一棵棕榈树，从南洋走来
每一朵时钟花，都是一个驿站
走过五树六花，就是春秋桥

记忆的空纸盒

走着走着，就老了

一个年轻的导游说：应该有一阵秋风
吹过这片植物园
在夕阳和暮色之间
让一个书生，将大师的笔墨
重新落在一块岩石上
半岭山麓，我记录下百年烟雨
穿墙而过的痕迹

毕竟时光已远，人事依稀
我必须得记下
雨林世界的板根、附生与绞杀
海风吹过溪畔
吹落了海棠和鸡蛋花的气味
一支南洋歌女的恋曲
也吹得不知去向

笔记的最后，我写下一夜秋雨
我让近处的鸟鸣
与远处的钟声，两全其美
香樟合围的庭院
知音寂寥，几多清凉？

蓝天是一池清冽

有时，蓝天于你就是一池清冽
自由而悄无声息
你的季节，潮汐和仙鹤一样的哀歌
跃过高高的栅栏，进入真相
那些跌宕起伏的意象，以闪电般的速度
迅即消失，无影无踪
那是一片荒原吗？
你的面孔越来越模糊，仿佛一只蝴蝶
飞进杂乱无章的发际
我荒疏的额头，犹如一片瘦土
许多哲学物语
种植在这里，玫瑰、月季和野蔷薇
这些攀缘状的乔木，或灌木
不经意地，从我的头顶升起来
蓝天于我而言，
帆船已被岁月放逐太远
怎么伸展，也无法划向你的彼岸
人生的季节已至秋天
而你刚从花季过来，向南的天空
刚刚下了一场雨
你的裙子，在金黄的光线里

又多了一些浅白

最后的桃花源

春日如落花，越落越少
不如一枕黄粱去南方，有阳光牵挂
或许会留下一树桃花
桃花如炬，那是我的姐妹
多看看桃花仙子吧，转山绕水
只为蜂飞蝶舞，鸟儿栖红树
万种风情，且当灼灼虚名
春深似海。不如与日月同辉
听斑鸠啼鸣于山坳。随野草和江河
漫无目的地流浪
把一世的悲欢，交给陌生的地方
交给那些自由散漫的人
一个人的王国，是梦中的桃花源
那里的桃花是鸟儿的故乡
让金丝笼中的女人，带上孩子
去旷野上走走，去捉野风、捉蝴蝶
捉一朵白云当翠鸟，嘶嘶鸣叫
当野风吹老桃花时
我就把少年的烦恼，变成苦笑

橡子落雪泥

在这里，时间无法衡量速度

每一棵橡树的生长

都有自己的节奏

——从荣到枯，秋风拾落叶

长天瘦枯枝

在这里，空间也难以判断距离

每一棵橡树下的光影流变

都有自己的分寸

在这里，当冬雪隐没了整个村庄

一棵橡树的气质

被一种冷酷的思想收走

我喜欢衰退于一个干净的世界

雪落下，没有人纠结于

鸿爪的深浅

月光的肌肤，与我有一样的悲欢

在白色之前，一粒棕色的橡子

落入雪泥。我在一张平整的床单上

收藏簌簌落下的雪花

熊猫的乐土

仰天窝，一只熊猫仰天而卧
想必也是天意。一个叫霍夫曼的方家
让一只熊猫，走下山冈
走进人间的广场
一只小兽的天真与快乐，在天地之间
不过是一个随心所欲的创意
你看，他用手上的镜子聚焦天空
方寸之间，天空仿佛一面巨大的镜子
收藏了多少美好的记忆
你听，千山万水归于一声澎湃
自然之境，让浩浩岷江抑扬顿挫
一门开禅关，苍茫分四野
栖居这般自然的水土，阳光辽阔
——早已抽象成，一种寂静的休止符
当他轻盈地翻过身去
江风就吹过廊桥，江风带走了一些秋水
却留下了一些
比秋水更珍贵的事物

像春天一样涣散

在春天，你可以穿越，串联
走出时间的精舍
沿着古人的老路，走进空山和黄昏
凭吊英雄，或者在英雄的故居
与春风共植绿柳
仍以春兰和杜鹃为叹

在亲人的门前，呼唤阳光和晨露
让一条朝日新闻
为我初恋的少女，误读一回钟情
我像一只春天的黄雀
在花田之后，捕捉一些絮状物
面对空难与战争

一些鸟儿，鸣噪于真假难辨的丛林
而我却始终保持沉默
旁观与共情，都是各自的选择
不是无动于衷，而是悲喜
意外或突然，仿佛一场旧梦
梦里梦外，都是错觉

水上风物

怎样的山高水长哟

多少梦中的故园,沉默而沧桑

——消失于道路与天空

我想象匹马渡关山,从远古奔来

遁入一种亘古的流淌

是千年的江水,让一派萧疏的平畴

变成水旱从人的天府

有多少竹篱茅舍、亭台瓦肆

在这片土地上生长

只有岷江之水,才能化育出一方

春华秋实的生机

是谁让骄横的野马,诚服于江河

一个人与一条河

注定有千年不解的瓜葛

像一条马尾巴,踏浪而行

马尾巴长,而一个人的影子更长

我的视野所及——

那些从鱼嘴吐出的绿水青山

在日升月落中

长成了三生万物的思想

而金堤纷飞的沙粒

已堆积成一座俯仰天地的城池
我不会沉沦于
——流年似水的感伤
选择一个云淡风轻的日子
我徘徊于宝瓶口，检阅那些
阴晴圆缺的风物
落霞如孤鹜，且让它拾级而上
——重返青天

省耕楼

在这个清冽的春日
我走进宣化门，仿佛王者归来
以省耕楼的站位
去察看那些领异标新的事物
一场春雨，落地成形
宛如大地的书者
将画布般的成都平原
涂抹成一幅浪漫主义的锦绣
这是怎样的艺术手法
有一粒草木，就可以成就
姹紫嫣红的花事
有一寸土地
就可以为万物生长，谋篇布局

——我的眼前

流水的曲线与楼舍的轮廓

勾勒的市井之美，已无法节制

雀落莺飞成习性，野花泛滥如风俗

在南山北岭之间

到处都是斑驳陆离的农稼

三月省耕，为的是将幸福之路

延伸到你的秋天

江南辞

过江南，黄昏寂寂如孤舟

山水那么旧

旧如一位琴师，淡定的神情

在黑与白之间，纤指闲敲

断桥，雕栏与几枝残荷

在流水中低吟

——我似乎听见

高山流水，犹如一段故人情

轻轻走近江南

来不及仔细打量——

一阵秋风，随手晕染的幻境

红尘仰青山，谓之远

落日临木窗，谓之近
且让芦苇私语，棉花絮叨
所有的闲饰都敌不过
一棵枫树，寂寞无言的红
此刻，纵有江山万里
不如一寸新月

我在秋风铺就的寒山寺
听一记钟声
敲落一枚梦中的柿子
而黄昏的烧坊里，一杯相思
已醉倒一轮明月
灯火阑珊，我仰头望远处
每一页窗户，都挂满
绣花女子的闲愁

缓缓走近江南
平原与丘陵，被运河与大江
沟通成农桑之地
一季春风过三月，满树梨花
掩不住桃红李白
夏雨霏霏，让整个江南郁郁葱葱
秋霜染红树。每一个季节
都有农林牧渔的耕种者，各行其道
冬雪拥白鹤，每一片水土

都有飞禽走兽，在赤橙黄绿中
把沧海走成桑田

我沿着历史的芳踪
寻江南的记忆，唐风宋雨湿枫桥
民国阳光抛弧线
怎一个明媚了得——
一只时光的小鸟
停在沧桑的松枝上，左顾右盼
在鸟儿的眼里
江南的落霞，像一只小花猫
懒洋洋，不知归处

潮涌扬子江

这是一条天边的大河，接天连宇
洪荒之水，穿越亿万斯年
浩渺烟波，仿佛万物与远古的对话
——大河奔流哟。
滔滔岁月似流舟，千帆过尽
只有高山深隐，夕阳依旧
昔日英雄何处寻？

从雪山出发，你以沱沱河的法度

一往无前，走过千山万壑

把自由的思想交给大地

比大地更苍茫的，是你的渡口

那棵站立千年的黄葛树

你向平野奔流，以金沙江的风采

蜿蜒于崇山峻岭

聚万峰云雨，得巴蜀之浩气

多像一匹桀骜的野马，撞开一道道栅栏

涛声激荡，拐过几个大湾

你的眼前，豁然开朗

你向东方流去，"思君不见下渝州"

——从清晨流向黄昏

一声川江号子，喊醒几多炊烟和渔火

流经秋水长天的码头

一杯仲夏的月光，醉了朝天门

醉了一个纤夫的红尘

你向荆楚流去，"夜发清溪向三峡"

一整条河如飞龙在天

咆哮于高峡。只见轻舟过重山

不闻猿声啼两岸

不必担忧，也不必惆怅

"云开三峡千峰出"，一江春水的主题

记忆的空纸盒

仍是向东——奔流不息

你向大海流去，阅尽吴越繁华
从过去流向未来
把盏凭栏，流水续传千古声
开怀纵目，看一只大雁
从东方明珠的窗口
飞向赤橙黄绿的晴川
把如梦似幻的街巷
当成盛开在昨天的花园

一条河的使命——
一路向东，打开远与近，以及
一个民族的煌煌大梦
峨峨摩天楼，云涌长空铺画卷
汤汤扬子江，潮起东方拥晨曦

尘世无奈

尘世落在窗前，落在
一只孔雀的身上，天才的表演
收放自如。尘世落在桥头
落在星巴克的墙上，试图与一杯咖啡
来一段抖音。尘世落在黄昏

落在广场大妈的舞蹈之上

挥汗如雨的样子，似乎每个人的心里

都有一座千古江山

尘世走进雨巷，渐渐地

就开成了一朵干净的紫罗兰

尘世坐爱你的秋天

我见过的落叶，透明的忧伤

停留其上，谁也不会在意

——尘世无奈

已经消失的，进入历史的抽象

没有体验过的，还有故人的具体

未来的尘世，于我而言

都只有剩下的

春风日记

三月的阳光，落在树枝上

垂直是迷人的，弯曲也不例外

——而更迷人的要算

让鸟儿学会鸣叫，让流水产生意义

让每一棵树，都拥有春天的气场

坐春风，就染上柳丝的愁绪

入歧途，就听见粉嘴煽情无词之歌

世间多雅兴。而我却倾心于

光与影的游戏

——各色人等，起伏的事物诸多

胸中怀块垒，眉间挂浅笑

纵使时光倒流，帽檐上摇晃的体面

稍有不慎，也会闪落于

一段旧情节。

——春风无力，何以拯救？

那一分不值一钱的从容

言之无物的日子，或许可以说说

一些沉沦、私情和妄想

但不说酸楚和疾苦

——午夜恬淡如月，别无他事

唯天空有蓝，黄昏有静

类似的安详

我的身体，游离于美学之外

已没有什么秘密

天气晴朗时，清澈如溪水

可以让一条小鱼

游进来，像游进茨维塔耶娃

那个时代的河流

你可以体验，一条鱼的快乐

是殉情，还是殉道

都可以让猫的气息，更加柔软

仿佛一些怀旧的月光

从丝绸上滑过。月光是安详的

而一场春雨之后，

一只孤独的蝴蝶，也有了

类似的安详

登东安阁

阳光，如一个建筑师

师唐时之风格，法历史之朱甍碧瓦

将举折平缓，出檐深广的美学

建构在一条中轴线上

一座遗世独立的阁楼，飞霞流丹

云朵，是一个丹青手

将烟火成都，三千年锦绣华章

涂抹在一个城市的会客厅

让"扬一益二"的盛景

跃然于复海与梁架上。东风吹梦

吹开了几许格窗

风景沉默。每一扇窗户都是一个万花筒

你可以看见，一片苍山翠岭下

古道飞花，好似一桶柠檬汁

泼在东安公园的脸上

湖水阑珊。每一层细浪

都是恰如其分的修辞。送你一座白石桥

就多了一种连接古今的形式

若言远方，泱泱古城醒于辽远之梦

神鸟掠金沙，"嘤其鸣也"

众鸟咸集。你将从哪一片天空飞来？

若言当下，一群追梦人

在适当的时候，来到时光缱绻的平原

在这里，一切自由的速度

都任由激情去书写

赛场无边，左右都是奔跑的草木

那些箭矢一样的鸟儿，成双成对地飞

冲线一刻，欢欣如旋风

纵身一跃时，腾空如蛟龙出海

秩序之上，每一树桃李都是风度

每一幅山水都有精神

小隐天涯

如果有点闲暇，我将不问世事

不读书，不看报，

也不思念，一个不懂音乐的人

与其独自沮丧。不如让一朵白云的歌谣

在我的屋顶，轻舞飞扬

自由如隐士，走过纵横交错的巷子

不问过去的时光

平缓还是陡峭。对疾患与灾难

也不必过于感伤

既然无所事事，不妨放飞一只灰鸽子

像猎鹰一样，抓获流失的部分

万物都有恍惚。一片倒伏的禾苗

或许仍有灿烂的激情和野心

槐花匆匆落下

赶紧采一些不知名的野花

编织青春的欢愉。让迷失的日子

清晰起来。如果时间允许

我将归隐天涯，再采一些山中的草药

为过往的岁月，缓缓疗伤

剪春风

这样的季节，燕子和海棠修剪春风

樱花红艳，柳枝上有青葱

——长亭外，有熟悉的记忆与悲歌

但没有季节的苍凉

也没有凌空虚蹈的怒放

在春天的路口，每一树花开

都是一只元鸟的路标

我看见，窗外有人在打理行装

每一个站台，都是新的起点

一列春天的火车

使山冈枯了又绿。被冬天荒芜的部分

正待一场春雨来修复

一条河的两岸，开放和凋谢

此消彼长。当我走进一望无际的平原

在蔚蓝的苍穹之下，播种光与影

在红湿的雨声中，体味虚与实

将过去的荒诞、不堪和愧疚

重新回忆一遍

还未从物候的转换中，回过神来

一朵樱花的尖叫

已让我的内心，溃不成军

这样的季节，少年小坐于梦里江南

欲求山花烂漫，只需二两春风

杜鹃的说辞

谁会进入这样的场景？

门前的杨柳

自然散开。而庭院的花园

又突然聚合。一切都那么安静

只是粉饰和妖娆太多

月满西楼何处见，一树烟火落人间

这样的洋房够虚幻的

推开窗户，也听不见什么声音

有一点花香，就赶快去吧

让屋檐下的鸽子

送去清风徐徐的光阴

昨天还下着雨

今天就是一片菜花，涌入我的柴扉

这样的小日子，那一群麻雀

怎能错过觅食中的快乐？

好一个小楼听雨

且风中吹箫。窗前对酒。

快乐与烦恼

不过是杜鹃的一种说辞

春日潦草

这是春日，阳光缤纷于秀色

鸟鸣跌落于脆响

在陡峭的山冈，雨打梨花的节奏

像故园一样完整

甚至一只蔚蓝的鸽子

也能以哨声，饮尽春天的光芒

此刻，十万里红妆

——浩荡无边。不知哪一朵

才是你所求的友声

而我仍在怀念秋天的镰刀

收获的火焰——

那些高贵的果实，仿佛金色的句号

被秋风用旧了，又被鸽子

挂在黄葛树上，当成春天的令旗

鸽子从天空飞过，带走了几朵寂寞

我坐在偏爱的台阶上

像一只被遗弃的候鸟，以一种平常心

看待这一切，不管是黄葛树

还是白桦林——

所有高大的形象，且留给广厦

我只需一些细枝末节

为居无定所的鸟类，搭建一处陋巢

让未来的鸟儿

在荒凉中，感受一点温度

春天的尺度

春天如尺，可以丈量草木

序时而生的长短

春风有度，总能守住季节的边界

自然的目的——

似乎就是让所有的动物从梦中醒来

在春天，我是一头寂寞的走兽

从山河的深处，走过来

流水在前，浮云在后

面对一点阳光，我魂不守舍

仿佛陷入一场幼稚病

一个断肠人，守着一座孤单的寺庙

四下无人，唯有屋檐下的鸟粪

可以肥沃我的春梦

远方像一只沉默的猫头鹰

在它的眼里，已没有多少田野和谷物

具有必然性。如果春天要来

我就把自己塞进一朵流云

让春风送我去深山

在那里，鸟语是春天的尺度

深一点，明月清风旧如尘

再浅那么一点，天涯浩茫无心事

荣与枯，不过一次顺从

狮子山的春天

那时的狮子山，一半是桃花

另一半是鲜嫩的春天

晨雨初歇。桃花像一群醒来的狮子

记忆的空纸盒

在山冈上乱窜

我从九舍门前走过，迎面扑来的

是一只金发碧眼的洋狮子

嘤鸣园的鸟语，让她昨夜梦见了火车

是的，我也梦见了火车

狮子山后的火车，突然停下来

一会儿又开走了

一切都是那么地短暂，而又偶然

在这个应许之地

春风刚刚吹过，所有的物象都开始聚集

一群披红戴绿的模样，走过来

每个人的耳朵，都藏有一只飞翔的风筝

好让这寂静的花园

长满欢歌和无穷的可能性

回想当年春天，雨季还没有结束

我的青春和校花的微笑

就被阳光带走了。多少好时光

留在鸟鸣嘤嘤的狮子山

致 T.S. 艾略特

天使的光芒，交织于一片灰暗的晚霞

像一只红狐，匆匆老去

必有一种思想，接近教堂的阶梯

神秘而淡然的经书，聚集在一双双手上
——这是荒原，废弃的神坛
废弃的流水和山冈。我似乎看见
远走他乡的诗人，把手上的一册经书
丢失在朝圣的路上

困顿之中，又陷入迷途
仿佛一轮明月，落入无声的大江
这个世界，不再神圣了
一个信徒，重新捡回贫困的信仰
仿佛一只褐色大鸟
重新站上了教堂的屋顶
将扑朔的灯盏，传送到上帝的额头
用古典的器物、伦理、七长八短的光阴
为人类搭建新的栅栏和鸟巢

当你的目光，开始垂怜
一个自由而散漫的共同体时
鸟儿的啼鸣，就是人类最好的祈祷
你的精神，像一种富饶的果实
喂养了一代流亡的蝴蝶
你的目光，一狠毒就洞穿窗口的风向
在拒绝与欢愉之间
所有犹疑和崇高，都仿佛成了
白色塔楼上，多余的部分

记 忆 的 空 纸 盒

那些时间与永恒的断章
晦涩而圆满。为苦行于阴影的众生
打开了"不经意的瞬间"
——某个痛苦时刻的来临
几乎都有一种绝望的爱，如影随形
就像艾米莉的隐忍
让一个古老的英雄，踏过"满地碎石"
只为让自己过上
一种虔诚而寂静的生活

秋天多么精美，城堡却如此孤独
一个永恒的女性
怎么就成了一个隐士的幻觉？
崇高和完美，从来就是一种臆想
拒绝与挽留都无需须理由
这个世界，似乎所有的爱都已萧瑟
我们还能纪念什么？

旧日的荒原，江山褪尽铅华
你的城墙下除了一堆瓦砾，几蓬衰草
那些朝圣的影子，早已不知去向
一个孤独的诗人
——向着风，述说自己的预言
这些无奈、撕裂，

甚至未及收藏的情书和过往
已经无法翻阅

陌生的荒原上，人来人往
还有什么值得重奏？
一只乌鸦，跋涉在朝圣之路上
以跳跃的方式，
讲述一个诗人，纠结而颤栗的人生
而我偏安一处废墟
让丰腴的荒凉，构建一种矩形的寓言
坚守其中，等待年轻的瓦莱莉
——拥我入怀

醉饮梨花

我们讨论山中的事物
都会想到一些，寂静和辽阔
一些起伏的高度
哪些该有，哪些不该有
谁也说不清。那些平淡的花事
可以是梨花、杏花和桐花
也可以是一杯茶花
或者一幅栖贤庄的油画
当我们说到酒器时，就会怀念

三只酒壶种下的幸福

这里的幸福，如此简单

一壶老酒，种在房前屋后

就像种下芍药、牡丹和灯盏花

所有的花朵，就这样

自然而然地开了

花开是过客，花谢是归人

在寻常的日子里，一枚野果

有阳光蒸煮，满山梨花

就会为一夜春风而醉

桃花上了山

春天寂静。忙碌而兴奋的日子

被一群饥饿的麻雀

一扫而空。这些随遇而安的鸟类

从模糊的树影中飞出

可以哀鸣，却不敢呼朋引类

也想去看看桃花

可谁能保证，一只漏网的麻雀

不会将未知的感伤

传染给春天

桃花荡漾。于红黄绿蓝之间泛滥

我肤浅的认知，无法理解

那是怎样的一片深情

删繁就简的郊外，有飞鸟

就足以让透明的春色，撒遍人间

鸟儿鸣叫时，桃花上了山

一缕阳光，是一条鞭子

可以鞭打耕牛，也可以鞭打春天

是怎样的勇气，让桃花肆无忌惮地开

或许一粒火种

足以燎原无边的萧瑟

是怎样的精神，让白鹭逆风而行

一种局促而清晰的形象

以素描的手法

向我们表明：春风有多辽阔

桃花就有多干净

静水流觞的日子

这人间，时光宽阔，而生活窄小

唯有落日和春水是珍贵的

我和你一样，喜欢选择一片花园，蔚然成风

历经岁月的研磨与熟化

在白云和孤峰之间，领略一些事物的沧桑

所谓的美酒，在你的眼里

就是罗斯柴尔德、保乐力加

百威英博和一根葡萄藤上

天然生长的Penfolds^①、Wolfblass^②

那么丰满的结构，多像一条河重返人间

让收藏多年的粮食和水果

在一江春水中发酵

不妨借一船春风，让一群人

在桃花纷纷的渡口

重新醒来，依次打开自己的眼睛

耳朵和新鲜的呼吸

如果你心中有一条梦想的长河

大概就是绕城那一条府河

在你的窗外，可读明月

绝艳照锦水，轻烟淡寂寥

怎样的一些日子，在两条巷子之间

一棵开花的香樟树

构成了你今生最大的寓言

已过天命之年，春风在你的河畔劲吹

——河山壮阔哟。一个响亮的天色

像一块蔚蓝的桌布

倾洒在古老的川西平原

岁月那么遥远，春天迫在眉睫

我和你一样，只想去打捞野外的生活

找一间俭朴的酒屋，吃茶、喝酒

---

① 奔富酒园
② 禾富酒园

猜拳行令。倾一壶浊酒

在锦江之上，掀起一层磅礴的巨浪

我们的午后，阳光蹲在大地上

桌上除了几只空酒碗

只剩下谈笑风生

第二辑

在枝头，或灿烂的蝴蝶

多好的早晨

在明媚里看世界，有布谷鸟
飞来飞去。这早起的邮差
将一条虚构的小径，延伸到天空
试图迎来一场遥远的风
将阳光轻轻洒下
多好的早晨，街巷如火如荼
车流滔滔不绝。我曾经爱过的蝴蝶
仅凭一把上帝丢弃的钥匙
就打开了大地的花园
一些美丽的邂逅，扑面而来
有江水笑我，有草木爱我
球场的色调缓慢下来
把整个早晨封闭，也阻挡不了
此刻的阳光，不可一世的倾泻和穿越
阳光顺着我的椅子
拐了个弯。如同一条碎花裙子
——若即若离

桃花故里

因为争奇斗艳，桃花故里的春天

似乎比以往早一些

在春风里复活的山径，纵然千回百转

又哪能关住，秋栖妙笔——

一挥而就的繁华

春日曈曈，诱人的事物许多

桃花纷纷似美人，深浅浓淡各自取

梨花浩荡如云涌，累累枝头

我分不清，哪一种声音才是落花

对流水的叹息

山冈起伏跌宕，几只雀鸟

手拎桃花追闹逐欢。兴高彩烈啊

——殊不知，一夜风雨

手起刀落。多少姹紫嫣红

在不为人知的角落，趋于一种寂寞

——寂寞春深好入梦

梦里桃花，每一次尽情的绽放

都蕴含几多禅语的暗香

江南的小秩序

相见江南，是一个敞开的船坞

除了鹤鸣清风，还有鹭鸟

经历过的早晨和黄昏

还有阳光和桥

记 忆 的 空 纸 盒

带着自然的表情，追赶教堂的钟声

一些具体的柳枝和抽象的摆动

相拥于半江锦瑟。但没有多少人在意

在鸟类的经验里，这些小秩序

都是季节预设的风景

无论多么生动，都一样被疏忽

对身临其境的鸵鸟而言

视而不见，不失为一种好策略

浮光掠影的江南

深入一点，你就可以发现

花朵淡了。野草浅了。

白云引而不发。潮水此消彼长。

当晚霞散落香蕉林

你的杨柳岸，芦花欲谢更悠扬

翻遍秋天的口袋

找不到一粒真实的粮食

我非幽居之人，唯恐独自缥缈

且让天涯孤雁，从无边的惆怅中

飞落平沙流水的江南

在枝头，或灿烂的蝴蝶

在至暗而迟钝的早晨，我与朔风徐行

我的眼前，在金色的枝头

或者一群灿烂的蝴蝶，被昨夜的风声喊亮

从容的气质，洋溢着最后的欢悦

那是一种自由，一种无奈的心情——

你看，落叶翻飞的过程

似乎有些慌乱

而俯首于季节的低处，又显得多么地平静

你倾听大地的姿势

比揣度一个宗师的箴言，更为虔诚

是怎样的情怀？

让你苦等千年。一路凭空的脚步

跌宕起伏之后

我的屋檐下，铺满怀古伤今的小雨伞

满楼山河，遍地流光

源于凋零的静气，让整个季节的惆怅与感伤

都被吟成，一曲旷世的绝响

应物以形

无数的人，走过他人的故乡

走过阳光的时局，麦地一片葱郁

在未知的命运里，你还能回忆起什么？

人生的路口，已是正午

此刻，风的口哨比鸽子更响亮

我已记不清，河流是以怎样的形式

流走的。不过，这并不重要
我更关心随风而逝的，
落叶、黄昏，母亲深情款款的背影
还有什么，值得一生去追忆？
在时间的漏斗之下
生活屈从于长久的孤独
而无所作为。仿佛陷入陌生的物外
无法超然，却又别无选择
一场雨，不知疲倦地下
鸽子，或许不会再飞回来
雨水之后，又会获得怎样的形象？

清晰的影子

冬至的早晨，难得阳光喜人
阳光是一个摆渡人
将季节之舟，向时间的水岸移动
风吹过旧时屋檐
又一个不言而喻的好天气
在阳光的温暖下，那些沧桑的云帆
柔和而平静地奔跑
几棵并排而立的银杏树
将阳光装进袖口，轻轻地那么一抖
整个街巷、公园和大院

都铺满了金黄

我喜欢这样默不作声的凋零

所蕴含的另一种善意

像一些扫地僧，看似平凡却值得尊重

阳光之后，在那些灰暗的地方

往事的轮廓，越来越模糊

万物都在试图，说一些干净的话

接近自己清晰的影子

植物的仰望是真实的

在春天的云端，远远看见

花枝上的色彩和气味，随时在堆积

而风景的容积率

取决于凋零与转换的速度

当所有的色彩，燃烧到无法辨认时

只好借助春风的力量

春风让悬铃木反复练习，向外生长

或四处散开，像孔雀一样

从散步的野花中，挑一种色彩披上

——你喜爱的花衣

瞬间刺痛了阳光的眼睛

当阳光，从你的身上经过时

墙上就出现了，蒙太奇般的图案

——植物的仰望是真实的

而云朵的往事是虚构的

形而下的花枝，是春天的骨架

无论从哪一个角度攀缘

试图在春天的云端

抚摸鸽子的声音，都是一种徒劳

我模糊于稠状的天气

在行人与树丛之间

将过去的石阶，打磨成当下的棋子

我坐在阶梯式的阳光下

将一只活泼的小鹿，从袖口里放出来

在寂静的风中

聆听松针落下的声音

鸟鸣茶花开

你的叶片，一只椭圆的小手

抓住蘸墨的肌肤，抓住逝去的阳光

阳光逃进鸟鸣里

一些潦草的颜色，就开始泛滥

鸟鸣稍纵即逝

我的童年，以茶花为记忆

一片黄叶在风中转几圈

教科书的碎纸片

被小学生随手一抛，童年就过去了
我怀揣一个棕榈色的梦
徘徊于你的黄昏
无所期待。只想看着一枚鸟鸣
从秋天落下来

湖畔版的新区

湖光水色。一排春日之树
疏朗而谦恭，足以用来定义
兴隆湖亲切的晌午
最是天府好时光。我用一顶小红帽
兑换一杯，阳光研磨的咖啡
湖畔之美，触手可及

清晰而敞亮的湖面，沿地平线起伏
陡然落下的鸟鸣，被湖水
反复濯洗。几条打捞白云的小舟
相对安静些。山水之学
我才刚刚入门。无视园区的动静
绝对是一种官僚主义

从那些水天相接的镜子
几乎可以看透春天，所有的秘密

无非是山冈、静水和一群
并不熟悉的表情。一切都是随性的
模糊的山风，不知从哪里来
湖边的小径，也不知往哪里去

连天涯社区，不知何时
也住进了一个又一个，异乡的口音
那些穿着帐篷的人
席地而坐，应对各种自然的纷争
他们似乎都保有
一种旁若无人的独立性

我在湖畔闲走
体验另一种，完整而坦荡的生活
偶然望一眼，对岸的村庄
行将消逝的篱笆、作物和农具
可以作为一种参照物
用以修复我，童年的记忆

几只沉默的风筝，仿佛林中的麻雀
从孩子的手上，飞向蓝天
让我对新区的辽阔
有了高屋建瓴的认识

开工典礼

三月的碧水，将自然的真实
交付于人类的花园
一种不为人知的隐痛
仿佛湍急的潮汐，一浪高过一浪
向大地汹涌而来
春深几许？对于泱泱千年的平原
每一枝杨花，都是天使
为了洞悉人间的冷暖
可以虚构一段时光，或激情澎湃
或黯然神伤。有一些街巷
青春焕发。也有一些商业和人群
失散于橱窗。
不信你看，窗外的每一个路口
都有一些生活的偏方
从时间的枝头飘落。无关乎荣誉
和溢美之词。一些槐树、
香樟和樱花，以柔软和谦卑的方式
从天府大道路过。你说的春天
烟波浩渺。就像一场开工典礼
在南湖的码头，向世人宣示
一种焕然一新的形象

　　　　　　　　记忆的空纸盒

那些鲜明的街巷

从旧日子飞过，一只老练的麻雀

点开的铁像寺

有比我更为丰富的表情

有羊群、柳絮，残阳如烟的酒旗

飘过自由的黄昏

一些湛蓝的颂辞，在风中摇晃

清风吹过啤酒桶

卷起一堆透明的浪花

这些美好的事物，流落在人间的码头

行迹潦草、思维深浅不一

经历了太多的风雨

对生活的春水，已不再言说凉热

显然，咖啡和香草

比技术和剧情，更具有诱惑力

要么是夜莺的浅唱，要么是断壁的回音

总有木刻一样的光景

闪烁在女孩的脸颊

这是紫藤的天气，是爱人的晴朗

在惊涛骇浪之后

两只脚印的行踪，缓慢而深刻

像是在思考，不一样的去处

孩子们的鸟巢

往事的阶梯，拐向某个陌生的小镇
有人走进黄昏的断章
鸟儿在风中，描述南方的气候
秋天就是这样
一群鸽子，聚散依依
因为一场落叶，而相思成疾
古旧的校舍，被秋雨一再粉刷
这样吉祥的小木屋
多像一朵葵花，在风中缓慢地低头
孩子们就着一片光亮
将书本，向一个旧梦打开
梦里有孤寂的原野，有小麦的气味
有夕阳的余晖，在墙角窃窃私语
到底在叙说些什么？
江边的红树林，看上去很美
而傍晚时分，不知不觉的一场雨
让镜中的风景，变得比童话还虚幻
不过，这没有什么关系
有月光，穿梭于秋天的枝头
孩子们的小手，就会指向
那一枚萧瑟的鸟巢

记忆的空纸盒

春鸟如寄

去年的那只鸟，从春天的体内
无缘无故地飞走了
像一朵走失的云
天空的怀念，不知从哪里开始
怪谁呢？是门前的老榆树
患得患失。还是因为我漫不经心
想象中，应该与它同行
去林间，找到相似的某一天
今春多雨。我手上的粮食
已经不多了。难以喂养这些
木已成舟的忧伤
春鸟如寄。我把一只春鸟
当成一封亲切的家书
捎给远方。至于是否有回信
我没有问。那棵老榆树也没有问
问了。那一树鸟鸣
也守不住一寸故土。不问。
雨后的飞花
一样会那么汹涌

蝉声不老

从屋檐下看过去，一只苦蝉
别无选择时，一棵年迈的枣树
就是最好的选择
在树荫下独唱，不是为了
告别一个季节。而是体现一种存在
万物葱茏，我独自寂寥
而一只蝉与阳光
总是保持着某种默契
何以消夏？是蝉鸣还是清风？
常识不一定是真相
习以为常的东西，处于不同的境遇
也会被不同的情绪消解
无论有没有夏天，蝉总是要叫的
蝉鸣就是夏天
没有蝉的演奏，你的炎炎夏夜
徒有孤寂和忧伤
就像清风勾勒的湖面，除了平静
只有平静

记忆的空纸盒

鸟语的音乐性

我听不懂音乐，也分不清唱法

听一首青藏高原

被意大利美声，演绎成一串铜铃

那穿透千年的鸟语，仿佛缪斯的火种

被高原之手，撒向夕阳西斜

一片辽阔的深海

日子像落叶，每一片都充满节奏

悠扬的五线谱，飘落的地方

总有神话一样的音符，不绝于耳

那是远古的呼唤

他乡的歌声，反复吟唱

这是在提醒我，迷途的鸟儿重返人间

鸟语是椭圆形的，真实而自然

鸟儿数过的麦粒，有最原始的形态

群鸟噪林。展开激烈的争鸣

我听不懂鸟语，但对这些起伏的旋律

总会领略到一些音乐性

如果鸟类的歌声，

也写着人间的苦难，那该多好

青春的风景

树树阳光，扶着一群少年
在校园、在操场，在五月的袖口飞舞
欢乐之花，远与近连成一片
青春的紫丁香，开在万物的边缘
联想、追随，随风投射
我无暇顾及，路边的波斯菊
花蝴蝶铺就了，一条幽静的小路
我从过去走向未来
在流水和山冈之间，黎明的命运
是走出村庄的亲人
像春风一样，扶着半垄麦苗
一寸寸生长。

从黎明到黄昏，面包的香味
推开了鸟儿的窗扉
你还在蝴蝶的影子里，故作矜持
鸟鸣已滑落于枣树的高枝
我不再留恋黄昏，那些伤感的情绪
从一些亲近的事物中走出来
无论是紫藤，还是七里香
都是春天的叮嘱者
一路指点江山，犹如浩大的春水

记忆的空纸盒

让每一粒草木之心
都有了醍醐灌顶的
淋漓与畅快

西塘的樱花

旧日阳光，透过一树零落的钱币
在灰白的墙壁上晃荡
犹如一段古老的格言，辉映着河畔人家
晴耕雨读的规训
一树樱花，就是一场缠绵的细雨
从千年的瓦当，穿越而来
仍旧那么飘着
桥头走过来，一个浣衣女子
绕着樱花树，转了一圈又一圈
柔软而轻盈的影子
在水中起伏，仿佛要把每一片花瓣
都重新浣洗一遍
而远处，迷宫一样的小石桥
把西栅的黄昏，刻画成一种修辞
从水上凭空升起
一种自然的光芒和力量
让手搭凉棚的白鹭
清晰可辨。如此晴好的西塘

有陌生的旅人，有好奇的花朵
如果再有清风婉约，
这安详的人间，更具有那么一种
不知所措的惊喜

绿地与麦子

窗外的秋风，或许是走错了码头
这里有绿地，但没有
你向往的金黄
我知道，你被秋风吹回的心愿
是在乡间的土地上种植的
无论多么成熟
在这里，都难以收获一粒
麦子一样的梦想

在九月，你要会见的董事长
已经离开绿地好久了
绿地，已不是你的绿地
更不是你的稼穑
你不能随意收割，花园里的芙蓉
低矮的葵花，
以及所剩不多的蒿草

九月的窗外，这里的土地

无论生长多少，灿烂如纸币的信仰

从乡下赶来的雨水

都难以让麦苗般清瘦的女子

那些孤独的芳香

在内心，保持一种草色的明亮

九月的窗外，这一片丛林

无论有多少香樟、桂花和白果树

在阳光的夹缝中摇晃

即便被十万朵芙蓉的笑意淹没

我也会让自己的影子

拼命地回头，偷看一眼

那一扇破旧的柴扉

虚掩的故乡

桃花制造的春梦

当所有的故事，都成了童话

再多的算法也失去意义

我家后花园的水仙、芦苇和马鞭草

来不及看清，对面一只天猫

那双犀利的目光

一夜之间，就被秋风

当成4.0版的韭菜予以收割

这个时候，黎明的广场

有小雨落下

我听见了鲜红的、奇妙的色彩

以一种暧昧的方式呈现

被雨水洗亮的玫瑰，摘的人多了

不再有羞涩的表情

你吃完西瓜后，就赶紧去取吧

西门庆走了

或许潘金莲就是你的

也可以是我的，就看谁的套路多

如果流量不多，你的胆子再肥一点吧

即便两截竹竿，从你的头顶掉下来

也不必惊诧

或许是一枝桃花，制造的春梦

岸寂鸟声落

鸟类虚构的天空，只有在合适的方向

才能寻找到，纯净与爱

落叶的意义，归结于目光所及的

近物与远景。一个人在自己的岸边行走

与一条河的流向，保持一致

不失为一种生活态度

就像秋天的情绪，无论怎样紊乱

有一场中秋的夜雨

一切往事都会化为流水

无关乎天空的餐桌，是否摆上了

人间的美酒与美人

今夕何夕？你应该注意到

这样的夜晚，明月以圆缺为主

……庭院之上，是否还是那一片星辰

多少人临河而居

承受着没有来由的悲欢离合

滔滔江水如铺开的经卷，被鸟儿之手

反复弹奏，每一个音符都寄托了

亲人别离的叹息和艰辛

我多想将这无尽的夜晚，坐成一片枫林

任鸟儿飞来飞去

而困于生活的鸟儿，仍旧在扑腾

它的呼叫和欲望，不言自明

最是春色动水街

一抹春色，从楼群穿插而过

看不透时间的窗扉

我只能靠想象去寻找，往日丢失的欢愉

又一次经过铁像寺

露天茶馆的椅子，摆得井然有序

一些百无聊赖的茶客

已喝掉了整个下午的时光

流浪的歌声，为你切割出一小块儿

西蜀的天地，在这里

春天只给你留下了，一颗苍凉的

尘世之心，就像一壶陈年老酒

过一段时间，就得拿出来晾晒一番

命里的日子，好与不好

都交给生活去评判吧

经历过反复的摸爬滚打，你的未来

已经安排得四平八稳

但我还想叮嘱你，有必要记住

这里每一树桃李，开花结果的模样

看见棕色的蝴蝶飞过

你若再次梦蝶，春雨就来了

满楼春风，如你所愿

——幸福依旧

致敬劳动者

源于生活的惯性，所谓的劳动

是早晨的鸡鸣犬吠

是夜晚的蛙唱鸟啼。早出晚归的农人

将一天的农事

铺排在新闻联播里。所谓的劳动

是惊蛰之后的种子，撒在清新的大地上

一场雨季，胜过岸然的说教

在春天，一粒种子的约定

必然在秋天兑现诺言

所谓的劳动，是五月的节奏

是低眉顺眼的姿态

在劳动中，可以忘记某人某事

忘记艰难生活的困顿

比如举起斧头，伐薪南山

用充满激情的镰刀，收割五月的阳光

豌豆开花时，一枚月亮爬过窗台

急于赶去工厂

——后工业文明，是混杂和交织

在无奈的秩序中

制造一种漠然的表情

劳动是欢快的歌声，流进五月的长河

每一个渡口，都会长出

玫瑰一样的花红

劳动是五月的忧伤，夕阳西下时

不会清闲地到来

一个少年倦然于槐树下

耐心地等待，一粒果实成熟

锦城浣花

人间悲欢，如飞驰而去的列车

在亭台楼榭中穿越

——蜀地风情犹在

有酒馆，也有你灯火一样的陪伴

锦城浣花，文殊空林

有铺陈即有格局；鸟鸣、蝉噪

暮鼓晨钟也是佳句

锦江婉约，流不尽一条巷子的雅韵

暂不表廊桥的孤灯

如何撑起一座高楼。先说月光的小碎步

未及窗台已斯文

月光躺在槐树下，倾斜的椅子

倏忽间就成了闲人

不再仰望头顶上的蔚蓝

唯余一朵流云，已被夜雨隔断

且让废墟修持一片暮色。山水有灵

尘世薄凉。雨夜的古城

有人在聆听，一堆往日的繁华

——复活在秋天

天府广场散章

又是依稀春晓，锦城在鲜艳中升起
在明媚和嘹亮中升起
树影婆娑于春风，阳光纠缠于屋檐
平安桥的钟声，把上帝的福音
送进了教堂的耳朵
诱使一群鸽子，飞去又飞来
天府广场的情节，因一声亮丽的鸽哨
而再次扣人心弦
新事物开始萌芽。黎明打着赤脚
穿过巷子的饭馆，将一些早起的鸟儿
挤压成一串工业化的数据和符号
斜斜地插入地铁的门缝
生活贵如春雨，每一条道路都通往绝壁
向南的窗户，虽有一点儿亮色
但无一粒麦子，能在新一轮春雨中
留下来。季节再次走到夏天
桃李夹锦水，流光拂江楼
红绿灯指引处，孩子们已过了街口
多年的春天，仍是如此地贫乏
一群麻雀，以跳跃的姿势
逃进锦城的记忆，用善意的谎言

为路过的游人，指点迷津

五月，你好

这是五月，江南潮水微澜

桥头柳丝如风。鸟儿用凌乱的声音

记录树叶生长的节奏

记录我无所作为的形状和感受

而钟楼的手指，却无法指认

一只乌鸦，年轻的影子

这是五月的仪表

街道游离于雨伞，汽车行使于经验

我的楼阁，习惯于狭窄与陈旧

让我再种植一些洋槐

在灰色的楼梯下，女人的裙裾下

那是一片白花花的时光

有雀鸟经过，有莫名其妙的感觉

在这个分水岭

日子因忙碌而更加明亮

我怀念八十年代的夏天，那是五月

或者六月，阳光呼唤青春

爽风喃喃自语

在五月的序章，远近宜于澄明

朝夕近乎蓬松。每一格木窗

都可以打开，无法预知的未来

每一条小径，都可以走近

酣畅淋漓的河畔

我静坐于五月的船舷，沉默之后

一江潮水，淹没了昨日的来路

这是五月，晴朗是一种诱惑

遗失在无人问津的码头

所有的问题，落叶一样清晰

两只孤独的鸟

两只孤独的鸟，被午后的阳光剪辑

——好似印象派笔下的石榴

悬挂在同一个枝头上

据我所知，迁徙是鸟类的季节性特征

秋天辽远。又开始怀念江南？

鸟类谈论的，不止是花朵和果实

一些难以具象的问题

也时常被抽象地提及，比如丰美的石榴

果汁汹涌。如何深红了女孩的肌肤

那些色调勾勒的喻意

谁也不能诠释。此刻谈论天气

是多么地无趣

鸟类对天气的情感，比人类深刻得多

白茫茫的情感，像少女的心

可以预测，可以弹奏，却无法把握

从某人的窗口向外仰望

她的情感，像一条潦倒的河流

躺在黄昏的怀里，扬起一片浪花

每一种鸟类的身份、简历

都记录于此。翻阅是一回事

而谈论又是另一回事

就像面对一垛白墙，写下些什么

清晰可见，但其中的含义

谁也无法真正弄清

柠檬一样的爱

偶遇好天气。我不想谈论

咖啡、阳光，所谓的草色无边

无非是迎春花，孤单如蝶

手上升起的轻烟，仿佛柠檬一样的爱

有一种不可名状的美

我多么希望，有那么一天

我们一起行走于沙滩

一串浅浅的脚印，充满蔚蓝的忧伤

我们坐在小岛上，凝视远方

桅船托起的晚霞，红了一叶风帆

我从未如此期待，一场好雨说来就来

在我的眼里，情人就是一场小雨

在灰蒙蒙的灯光下

不紧不慢地下着，乍暖还寒时

冷不丁就淋湿了我的江山

梦中拥有的雨声，像一首橘色的民谣

砸在哪里，都是一种深情

——那是向你，以独特的方式表达

犹如你温柔的嘴唇，砸向美好的回忆

桌上真水无香，小院花开有声

这一场羞涩的雨

清新、欢快、断断续续

——小雨初歇时，只闻鸟声

不见佳人

梅花岛

我为什么要反复谈到梅花

谈到梅花初放时，踏梅寻春的美好

俏丽的事物，越是低眉顺眼

越能显示其傲然气势

从码头进入梅花岛

一大片红梅、绿梅、蜡梅

红叶碧桃弄春风

有那么一刻，一只迷途的灰麻雀

踩着时光稀疏的斑点

在枝头上弹跳

鸟儿虚构的天空，如此地高远

树下拾花，是一个少女

抹不掉的记忆。偶拈梅花嗅春意

——叹春光如此短

梅花才落地，春光就老了

银杏广场

阳光无形。却可以在晴朗的早晨

演出一场春天的音乐会

你看，在银杏广场

在临江大道与新马路之间

一阵鸟儿的呓语，舒缓而婉转

在那些铁质的银杏树下

走马河的涛声，激越而欢快

有这些节奏做背景，一些生活的表演

就在车水马龙中开始了

你可以听见，那些包子、油条与豆浆

在桌子、杯子和筷子上

交互碰撞的声响，通俗而生动

你可以观赏，那些椅子、音乐与咖啡

在刀叉上唱出的美声
春风有形哟，却无奈于一排银杏树
肆无忌惮地绿。
那些潜伏于树下的龙舌兰
被阳光重新打开，低调地诉说
流水穿城，绵绵不绝的美

等闲岷江

秋天的岷江，一树红枫等闲云
等来的是寂静，是空
是蓝天之下，洁白而舒缓的叙述
从高处流向低处
只有阑珊的枫树，旗帜般吹过秋风
一行人间烟火，拐过千里岷江
孤单地徘徊于河畔，
有船夫一样的沉默与习性
闲坐西窗。夕阳与山水相接处
万物自化于应有的秩序
——等一场秋雨
一片模糊的视野，跨江而来
我在其中寻找，一些陌生的记忆
比如草色枯黄，波光浩渺
季节秋高气爽。一只苍鹭的影子

大于天空的队列

暮晚时分，谁与南归？

一条河流，微澜之中有静气

万朵桃花是缤纷

在这里，桃花缤纷如春雨

哗啦啦，飘落在南山的脚下

怡然自乐的样子，猛然间湿透了

你的芳草、发际和碎花衣

比桃花更欢欣的，是一群麻雀

天刚亮，就开始争抢

枝节上的阳光

头顶桃花的山冈上，有人在白天

把盏春天的童话，"问所从来"

在夜晚，有人投宿石经寺

枕花而眠——

冷不丁让一颗佛心有些缭乱

山环水绕之后，不管远方多远

每一个驿站，都会准时送走

一个还家的离人

在郊外

夜雨是深秋，若有所思的晚风

让一些来历不明的消息

隐入杏色的楼台

长堤之外，三千年烟火笼络的城郭

似乎可以变幻为

一种绵延不绝的弧线

柳暗花明，是一个迷途的旅人

为我瘦小的村落，写下的一句方言

无关乎山重水复的旧梦

至暗时刻，天空仿佛乌鸦裁剪的幕布

我把熟悉的教堂、钟声

典籍一样的暮色，陈列于枫青叶赤之中

等待一轮明月，从梦中浮现

往事无言。我深爱的村庄

是一朵忧郁的野花，开在童年的夏天

流水婉转之处，古老而从容

——落满"八月之光"

在姚渡

姚渡并不遥远，一只早起的仙鹤
飞过龙王庙，我就到了
在姚渡，阳光是一枚刚刚打碎的蛋黄
在秋天的嘴唇上
泛起一条青浅的小河
河畔的橘子树，一夜孤独就完成了
一只小船，对乡村的横渡

一个人面对流水的蜿蜒
该以怎样的姿态
去问候这样的小村庄，小路口
一只仙鹤的小日子
我试着摘取一朵露水去滋养
一个客家少年的遗梦

姚渡很近，一列火车乘一趟秋风
就可以把一些欧洲的想象
带给潺潺的水声
我知道，在这里，村庄和城镇
已然一种形式
开花结果，才是真实的内容

　　　　　　　　记忆的空纸盒

多么真实的姚渡——
日出，有满坡花红；日落，
就香风吹送

雨中的聚源

茅屋和犬吠勾勒过的村庄
被三月的好雨，再次淋湿了全身
行走于春天铺陈的道场
怎么也寻不到一点，千年古刹的吉祥
与欢迎之意。红叶满山
或许可以作为一种秋天的想象
而一只布谷鸟，就是一个美术家
已将一场春雨，当成一种抒情的方式
那么多的斗篷、山冈与麻柳
疏落在细雨中。一种相互交织的关系
被鸟儿的笔墨，描绘成一幅
断断续续的，水彩一样的旧事
多年以后，我才明白
没有一场雨，是必须要下的
只因一粒草籽，有自由而流畅的呼唤
在这泉水聚集的地方
如果再现一片丛林，一切梦幻泡影
都会源远流长

又回龙潭湾

又一次走进这个小城，走进龙潭湾

植桃种李，梨柿柘桑的旧日子

早已不见了踪影

江安河与走马河，是身体里流淌的血脉

有风吹不动的从容

与世无争，漫漶大街小巷

始终秉持一种顺其自然的品格

这么多年了，这些路标，桥头饭店

岸边的美人蕉、杨柳树

嘈杂的目光和越坐越闲的茶铺子

都成了自己的亲人

在古朴的风雨中，我们如此默契

欢愉与悲伤，鸟鸣一声山水绿

仍是那样地熟悉与亲切

有时光救赎，以流水为参照的幸福

绝无可以修改的地方

今天，又一次来到龙潭湾

微风细雨之后，天空如此湛蓝

一只蝴蝶，从桂花树上飞走

又随午后的阳光飞回

小城到了秋天，总有一种爱

记忆的空纸盒

辽阔，而弥足珍贵

窗里窗外

窗外，一只野狗过于散漫
半躺在洋槐树下，以迟疑的目光
打量这个季节的模糊与忧伤
随之而来，一粒流星划过长空
停在山冈，一动不动
向一种寂静张望
一树海棠，在一块空地上
用它的颜色和姿态
维持一个春天的完整性
窗里。一扇起伏的玻璃
被春风吹皱，对着我端详
看透了什么？
隐约有一只鸟儿
在薄凉的纸张里，梳理自己的情绪
抑或在保存，一些时间的秘密
在鸟儿的舌尖下
一个繁华的街坊，让集体主义的生活
以苦乐不均的形式呈现
一行鸟鸣，何以安身立命？
何以否定？

一条柳枝，摇晃的弧度

徐汇见闻

从历史的角度看
有一些历法、算法和水法，是必要的
探两仪之真，比如日月之交
或者季节变换
资兵农之用，比如有四百年徐家
汇聚于此。种养农事
在商事里深耕。让人类与自然
在持续的博弈中达成和解

恰逢西风渐吹，吹开了
一些世界的窗口。远远地望过去
照临租界的阳光
也可以照亮江南的民居
里弄和小洋楼。无须教化和点拨
这里的日子，连一片梧桐叶
都会散发出海派的气息

是谁站在十字街头，翻阅昨日旧梦
如果肇嘉浜流过今天
无论历经多少沉浮与漂泊

　　　　　　　　　　记忆的空纸盒

依然岸柳漾碧波，从东水门到西水门
那些枯荣随岁的草木
又会见闻多少，净水濯尘的喧嚣

随风而来的留声机，一小片枫树林
以及法式小红楼
可以让每一条巷子，欣欣向荣
让假山、瀑布和水涮卵石
在熙来攘往的时光里
像贝壳一样闪亮

也可以临窗挑个位置，坐下来
听一次风花雪月，听一曲《夜来香》
重温周璇的甜，聂耳的执着
白光的鲜艳。回味那些
挥之不去的，世纪的旋律

有一条曲径，可以通向丁香花园
引诱一些好奇的目光
去打探，一个金屋藏娇的传说
也可能是一个庶出女子
荡气回肠的故事

不管是丁香一样的花园
还是望云般的草堂

只要今夜有月色，晚风轻拂
都适合散心、谈情
适合一种趋向浪漫主义的
婉约的小资生活

无论名气大小，有一座教堂
用经书记录下，一个朝代的兴衰荣辱
赞美或者祈祷，都无法改变
一片栅栏的前世今生
有清水红砖式的简洁，足以慰藉
内心的驿动和纷乱

流连于故居、寓所和爱庐别墅
你会想到一些大亨式的闻人
在浮世的风姿里
构建一种波谲云诡的格局
起承转合之时，需有一些乌合之众
来支撑寻常江湖的面子

甚至有几个红眉绿眼的瘪三
来见证人情冷暖，红白两道的险恶
以及风前雨后的阴谋阳谋
市井之微，奢望无须多
有一个吹哨人就够了，蝉鸣一样的哨声
提醒你风吹草动的危险

什么都可以缺，唯戏院不可少
不然，梨园弟子的堂会
就会失去无数票友
仿佛杏花树落，鸟鸣一婉转
就少了几许清凉

第三辑

万物在风中倾斜

临窗观物

这些年，我游离于时光的边缘
对动物保持微笑，对植物保持敬畏
对兴高采烈的事物
却漠不关心。我无数次
让理想逃离于现实
驻足于一江锦水，隔岸观火
好些年了。我总是习惯于临窗观物
时而天空。时而人间。
那些阴，那些晴
那些浮云一样的聚散
我都了然于心。那些浓，那些淡
那些流水一样的悲欢
我似乎并不在意
万物沐浴于雨水。除了一只麻雀
低飞。还有什么新奇？
时光之鲫，从日出游向月落
就像一株植物，从阔叶变成针叶
颜色和形状
都显得如此灰暗和迟钝

朝读流云

孩子们早起，依旧朝读

他们读人与物，读古城的黎明

而我只想读流云与天色

如读一匹老马

穿梭于驷马桥与九眼桥之间

那一排卷进风尘的树

在神思恍惚里，早已失去真身

似乎三洞桥的黎明

仍可以洞见城市的昨天、今天与明天

春风十里，敌不过闲云野鹤

——消隐于时光的背后

已无暇虚构，颜色深处的悲伤

桥头茶花年年开

漫长而空旷的巷子，将通向哪里？

——此处最宜蹉跎

一夜春风，将城市之马赶向岷江

我倚栏沧桑，辨析眼前的过往

果实、花卉和杯盘

在莱斯利·亨特的画板上

可以构成有模有样的静物

而断桥、火车与吃着樱桃的女人

却无法像一枚橘子一样

自然而然地打开

你有过这样的阅读么？

所有的事物，读起来如一幅画图

——桥下孤舟老翁

被古码头放逐。在颠簸的影子里

捕捉一些小小的涟漪

万物在风中倾斜

黎明，倾斜于破碎的阳光

再过一个时辰

满园矢车菊，就会变成一种隐喻

各自明媚。乌鸦一样的城市

在春风的节奏里，向一朵蓝天倾斜

这不同寻常的日子

每一场春雨，都在清算生活的暗伤

每一个物种，都值得

让我们穷尽一生，去认识和喜爱

尤其是这样的清晨

鸟群披红戴绿，似有远方的故人

破浪而来，让人不亦乐乎

山花涌动，在起伏的水影中

沙沙作响。我窗外的锦江

静默了一会儿

面对这样一个，形单影只的世界

阳光倾斜于一池枯荷

什么也没有说

黄昏的颂词

黄昏是一册旧书，卷起

还会打开。夕阳的声音柔软而脆弱

如水上漂泊的王朝

总得有几只乌篷船来摆渡

眼底的现实，很像故乡的马尾巴

流畅的线条，足以甩动

一条完整的大河。潮汐退去后

乱发蓬松的杨柳，如月光一样潦倒

月光不再是月光，是旧时书生

扬起的一把碎纸屑

难以抵挡晚风的尖叫。习惯于颓废

于是放弃了凄美。且将浊酒安于夜色

有少女送来小甜饼

让鱼和果子消失于器物

我只想获得，空无一物的快慰

过江南

一队人马蜿蜒，走过落叶和风尘
去寻梦中的江南
无须盛景，也没有什么世外桃源
关山仍可渡，风雨不可知
南朝的红木鱼，已游进水乡的楼台
一寸水土一杆旗
小小的江山，何其零落
仍可种夕阳和老树，乌鸦窃窃私语
再小的屋檐，也有一片天空
且让故国的鸟儿，从他乡飞来
心怀多少移情，就会倾诉多少花语
十万朵桃花开过江南
且留下一只知更鸟，将倾斜的流水
翻译成白云谣

江水谣

多年以后，那个明亮的夏天
似乎仍旧值得回忆
一条明亮的河，我是江水的一部分

忆往昔，夏天有坦白的石梁

有徒劳的沙滩，以及黄葛树下的水码头

流水是船，是赤脚的船夫

是一张处变不惊的脸

而阳光与流水，又何其相似

阳光是鸟，是自由

是一串浪迹沙滩的号子

我把阳光相拥入怀

却与流水，有着尺短寸长的距离

江水东流，谁也挽留不住

与其因流逝而伤怀，不如掬一捧小时光

在树荫下乘凉

小时光，是我中流击水的贪欢

多少朦胧的红缨子，从船舱飘出来

又被江风吹走了

流水之上，是湛蓝的天空

有白鹤一样的帆。蓝天是白鹤的梦想

我枕着白鹤之梦，听江风

把一个透明的盒子吹空

趴在洋槐上的春天

在英郡小区，一个人的春天

像一只落寞的黄莺，趴在洋槐的枝头

显得那么孤单、冷清

似乎每一个路过的人，都会感染

落花一样的情绪

走出春天的栅栏，我如一匹老马

独行于苍茫的黄昏

我把阳光，交给一座虚空的欧洲建筑

将自己交给一片荒疏

仿佛置身于远古的时光

我轻轻地绕开，那些点头哈腰的芦苇

为春风让路，为雨中的楼阁

撑开一朵小花伞

在埃米尔·齐奥朗的孤独里

一个人的春天

看不见草长莺飞，一声叹息

被朔风裁剪为，流水落花的背景

站在春天的廊桥，看逝者如斯

——就让它逝去吧

再美的风景，一生也难得见几回

欲知春归处，天涯何其远

且将童年的鸟鸣，留给故乡的蔷薇

一枕春梦，就是一生的归途

水上的王朝

江水如同往事，绕过秋日的码头
我从山冈走来，带着一些成熟的大枣
我走进河畔，将红棕色的大枣
撒进一个水上的王朝

仿佛将一斗碎银，撒进平静的星河
突然引发了一波汹涌的浪潮
一些青苔在礁石上疯长，两岸的风物
行色匆匆。我无法确认
这是否就是常说的蝴蝶效应

枣核就是鱼骨啊，我看见一枚鱼骨
刺穿了无边的玻璃
我将一块辽阔的镜子，挂在天空
你看，那一片秋风扫过的世界
除了白云入水，只剩下黄昏笼城头
我踩着夕阳的影子行走
捡拾沙滩上，秋月一样的卵石
当我摊开手掌——
就有许多卵石，随江水一起激荡
这水上的王朝，无形的城墙随日月而变
在起伏的江面上，我一直在惦记
那些绝迹的鱼类，

　　　　　　　记忆的空纸盒

坍塌的断桥和静止的月色

一声汽笛惊鱼群，那些欢乐的鱼儿

在丝绸般的王朝漂移，扩散

宛如一些忠诚的信使，潜伏在水底

将神秘的使命，传递给人间

当鱼类的耳朵集中于水草

就会发出，金属一样的沙沙声

好像是某种启示——

人类偏爱水草，而重金属的锋利

在割断的草柄上闪烁

这是一个悲剧时刻——

新世纪的结局：似乎生物学的生命

都随化学的分子流逝

如果流水不朽，我愿抽身而去

重回二十四桥，撑起的那一个夜晚

桥下流明月，地上落种子

让一场秋雨统摄在一起

构成西窗的黎明。我站在窗外

看大江东流，心若止水

在 Choclito 工坊

在半只蛋壳里，锦水为楼群

提供了倒影的可能

我原本打算，冒昧与汤姆先生交流

一些古朴与新颖

可半杯拿铁，已在欧洲房子的怀中

——苟且安居下来

我如一片逃离布朗李的枯叶

掉落在工坊的门口

远山近水，与此相关的事物

似乎都具有，咖啡的苦与巧克力的甜

在有形与无形之间

我试图发现一个外国男人

与一个中国女人生活的玄机

——在他们那里

一杯咖啡，就是金发碧眼的莱斯河

而一碟盖碗茶就可以

让千年的锦江，缓缓地流走

这是锦城与花城

在时空中转换。我把阳光和花瓣

洒进咖啡。无须多余的思考

天空那么静，静得一点情绪的波动

都能被微风感知

几个石室天府的女生，在通俗的桌面上

让一些花朵，开在布袋上

阳光从她们身后滑过，几条抛物线

将人间的光景

抛向空中。一些赤橙黄绿

　　　　　　　　　　记 忆 的 空 纸 盒

开始飞扬起来

在月光里飘摇

柳丝撩清流，撩动几多粉红
——月光羞涩
如待嫁闺中的女子
从天空掉落下来
纵使寂寞无助，却总想带给他人
更多的激动和飘摇
月光缱绻，犹如一堆暧昧的谎言
流行于烟波浩渺的湖面
谎言是缠绵，是一种含糊其辞的真实
让一只水鸟，误把赞美和苦难
当成精致的食物
无论垂涎，还是裹腹
如果没有一点诱惑，谁会将月下独酌
视为一种生活美学
秋风来临之前，一粒粉红的鸟鸣
或陷入尘埃，或散落异乡
"清夜何湛湛"，半寸流年怎能追赶
一个迷途的远客
我遵从月光的指令，深入夜晚的细节
——所谓的夜色

就是用一把月光，掏空尘世的叫嚣

让一个守夜人，猫进一条小巷

守住一段旧时光

春光嘹亮

春风无亲，把一个误入歧途的人

从寒冷的栅栏，解放出来

走进人间的花园

寂寥而清新的花朵，大团小团地开

我听不见一句鸟语。或许

雨打杏花，就是夜半的鸟声

请告诉我，春江之水

是平静的，还是温暖的？

春光嘹亮啊。而春雨缠绵。

江南草长，一片嫩绿的想象

说长出来，就能听到

嘎吱吱的声响。

仿佛一列春天的快车，从北方过来

很远，很远的节奏

是一场春雨，柔软的部分

仪式盛大啊。春天的节日

除了南来北往的问候

还能说些什么

路途辽远，群山陡峭

总有一趟列车，赶不到春天的门口

就在站台想念吧

或者，在落日的眉头仰望

一些花朵被春天虚度

恰如故乡荒芜的脚步，相继走入

我们彼此的内心

千厮门的夜色

在江水与楼宇之间，敞开一片辽阔

那些种植在浪花里的柠檬

橘子、薰衣草和蓝楹花，每一种色彩

都是一曲欢快的乐章

在透明的玻璃幕墙上，跳跃

起伏，倏忽而过

瞬息万变的夜景，让人目不暇接

仿佛一场又一场人间盛宴

每一张椅子，都是为半角酒旗而来

晚风失手打翻的酒杯

千年流淌，汹涌成一条旷世的大河

多么浪漫的夜啊

遗世的灯火，每一次闪烁

都是一个城市，短暂与恒久的辉映

这一刻，流连于嘉陵江桥头

每一个码头，都有一个少年的旧梦

青春的影子，如一只白鹤

早已翻过岁月的城墙

走出夔门的，排成一种迁徙的形状

远远看过去，除了落日敲打西窗

所有的山脉，都一声不响

而留在两江河畔的，仍在独自建造

不一样的高原。万千气象

在山遥水远中，进退自如

钱粮胡同

说起钱粮胡同，总让人联想到

那些钱多粮广的朝代

一些散发着铜臭味的银号

历经数百年风雨，窗开窗合

多少马聚源、内联升，掉进钱眼儿里

不得自拔。而胡同却始终保持着

一种含蓄而曼妙的气质

在胡同里穿行，有多少古典的形式

被鳞次栉比的繁华与高尚

记 忆 的 空 纸 盒

挤进狭隘的角落，显得如此地陈旧和矮小

一切穷与富，贵与贱，年深日久

被岁月的灯火，反复清洗

早已看不清，这起于草野的巷子

一生的是非曲直。事到如今

那些过于宏观的经济学

根本无法深入，这些沧桑的门庭

一位老人，坐在庭院的方桌边

孤寂的姿势，仿佛在等待明朝的阳光

重新照临。在他的眼里

胡同的世界，就是一树榆钱

在春天生长，又在秋天落尽

每一片落叶，都曾为黄昏的晚景

埋下了伏笔。那是一个金色的隐喻

是无数执着的目光，沉浸于旧时的幻影

比一片落叶，更显寂寞

沙滩笔记

在黄昏的沙滩上

浪花前赴后继。像血战沙场的勇士

反复发起冲锋

却一次又一次被粉碎

勇士留下的脚印，像游人的笔记

刚刚写下，就被一阵海风

无情地抹去

海天一色。在蔚蓝之下

在浪花之上

我看到了，藻类云集水草翻涌

如此汤汤的世界

失败是有限的，而生机是无限的

潮涨潮落，仿佛人世代谢

推近及远，往复循环

那些伫立于沙滩的游人

与岸上的树丛一样

排列于散漫之上

试图以一种向风而立的姿势

拥海入怀。毕竟今生短暂

毕竟长久的事物

可以依凭

沧海转换。更多的时候

我像一粒黄沙，胡乱于时间的沙场

看生活之海，云蒸霞蔚

落日永恒。此刻的胡里山炮台

整体安详。涛声已远

仿佛前去赴一场

　　　　　　　　记忆的空纸盒

约定的使命

空巷寂寂像春天

空巷寂寂。没有明媚

也没有浓艳。烂漫是点状的

而阴郁是成片的

习惯于静默，这个春天似乎与人间无关

我偏安于沿河最古老的建筑

忽略了万物的悲喜

郑重其事地巡视，这些形同虚设的秩序

春天满大街乱跑

哪里才是落脚之地？

我想特别指出，它不该像甲壳虫那样

过于随心所欲。远处的平原

被人类一再修改

已无法坚持自己的立场

而梨花上的蝴蝶，也是匆忙而凌乱的

谁愿意去关注？

草木深深。流水无以言表

请不要犹豫，也不能再迟疑

趁着春晖未尽，让该开的花就开

该蓝的天就蓝

一切事物，都应以新的形式

呈现。就像春风怀抱一棵皂荚树
随性那么一摇，新枝与旧叶
就会相互更替

车厘子

一粒车厘子，在匆匆的早晨
可以成为阳光的子弹
击穿银泰城的肌肤，梦中的花园
让你显得越来越抽象
从不关心鲜肉和大葱的价格
清风明月，不是你必须的生活资料
每一棵草木的细节
都被你标识为
从金融城到五根松的路线图
一群车厘子，数过每一节车厢
谁也不曾注意
多少惊心动魄的色彩，已然流逝
每一个站台，都是一种谬论
让人无法判断历史的走向
秋到高处。车厘子落满失序的树枝
成熟而明亮的表情
似乎遗忘了，季节之外的忧郁
真诚地散发出，水果和奶糖的味道

从乘客手心长出的车厘子
保留着紫红的本色
像锦江上泛起的灯火
不动声色地讲述
一个血红的世界，有多寂寥

归来去兮无少年

屋檐苍老，而黎明正待燃烧
有时是一只麻雀，在孵化迟暮
——更多的时候
是一些马蹄出没于草丛，如过客窸窣
长笛一声，方知去留无意
时空因夕阳而苍凉。一群人失去了
安身立命的田园，渐次走散
而另一群人，虚拟在时代的建筑里
却有些依依不舍
留下的是背影，执意要走的
是梦幻的失踪者。面对千山万水
我想和你言说一生的悲喜
——在某些时候，我就是一个离人
沿顺时针方向，一头走到黑；
我同时又是来者，自带杜撰的美意
深情地归来。多少年了

我忽略了季节的枯荣，茫然四顾

"田园将芜"。无寄无托的日子

我试着在生活的拐角处

给自己一点小欢喜

乡村的旧俗

这里的春天安静极了。几朵海棠红

一枝梅花淡

那些墙上的汉字，多么美

有简明的法度，有祥和的意味

几笔行草或者魏碑，被春风一吹

就开成喜鹊一样的姿势

阳光挂在金丝楠木上

苍凉的光影，赶不上时光的流转

越来越瘦小的院子

皂荚落满一地，那倾斜的兰花

如祖先的眼神，总是望着风吹的方向

好一门家风，薪火相传的宅第

在这躬耕自养的田园

以茶为农谚，以酒为谷雨

用一生的耐心，种植南瓜、白菜和朝天椒

我无法省略那些山雀、蝴蝶和野蔷薇

从院子里拥出来，与阳光一起

　　　　　　　　　　记 忆 的 空 纸 盒

顺着几条小路，走向春天和田畦
与豆苗、苕菜和油菜花
一起怀念和追忆，乡村的旧俗

龙泉驿

仿佛龙跃于渊，灵山好风水
一夜之间，春风过桃李
原野之上，一大片金色的画布
不可思议地流淌
季节变幻。每一个细节
都充满了仪式感
苍山和驿站一起老去
因为老，阳光可以自由地生长
一个又一个花期
而阳光刻下的年轮，不知签收了多少
向阳而行的脚印
苍山老，而故人未老
扣棋问道者，每一折阳光大戏
都可以弹奏三千经纶
如斯所闻。这里的风水多么好哟
好在该照的地方就有照
屋檐与老藤之间，该开的花
序时而开。好在依山而栖的流水

顺势而为。一片稻田
就有了，五谷丰登的可能

气候无常

越来越多了。这些枯燥的过程
朽木一样的形式，像小学校的铃声
每天都在重复。像餐厅的杯碟
每一次撞击，都有足够的理由
形式大于内容。我尾随每一个剧情
穿过长长的走廊。进入会议生活
空气阴冷。可以让灯光的表情
以假乱真。赋予它阳光的形状
我内心的旗帜，会生长一点暖色
在我的人间，工厂、学校和社区
都有智慧的耳朵和眼睛
你不必为每一次响动，而惊慌失措
火焰袅袅，都是"按一定的尺度在燃烧"
谁也无法拯救，这个失序的季节
已经是三月了。按说应是春意猎猎
可一场冷雨，像一个又一个坏消息
呼啸而至。让花园的花
开得心灰意冷。气候无常
转瞬即易。说到天气时

我的蓝天，有母狐一样的美梦

在房间里，悄然盛开

鼓浪屿笔记

我和海风，谨慎地推开清晨

鸟声少点，但有涛声

鸟鸣和浪花，如此地相得益彰

以为这就是一天的真相

冷不防，却从另一个窗口

传来教堂的钟声

这久远而单调的调子

多么地不合时宜

钟声敲醒了游人

却敲不醒潜伏已久的老渔夫

在这里，有一杯红茶

就拥有了一片江山

红袍加身，你就可以成为

自己的王。在这里安营扎寨

把半岛的黄沙

想象成势不可当的兵马

风高浪急时，你可以躲进小楼

海天一统。云淡风轻时

可以让阳光扶着

闲看一只海鸟

如何把无限的山水

变成有限

风吹柳枝斜

春风倾向于传统，面对新事物

显得格格不入

相对于一棵柳树，可以左右逢源

而在鳞次栉比的高楼前

却无计可施。风吹柳枝斜

意味着这一次仰望

看不见的是蓝天，看得见的是天花板

一池春水任吹皱。你的发际

仿佛一只棕色的贝壳

有一种忧伤的美

风把我带进丛林，我看见一些落叶

正在走下台阶

与去年一样，春风寻找佳人时

将采茶姑娘的衣襟

轻轻一撩，湿漉漉的羞涩

不知吹落何处？

彩虹桥的弧度

蓦然回首，彩虹桥就是一只麻雀
从此岸飞过彼岸的弧度
怎么看，都有过无数次的相遇
一种单薄的晚霞

在天空生长。寂寞是一杯梅花酒
在时间的剧本里发酵
而等到春雨入酒
足以醉倒千年的楼阁

我从三国的江边，走到晋朝的湖畔
陶先生种过的菊花
已没有人栽种。和我一样
许多人已忘记了，在春天的发梢

预设一段鸟儿的物候
因为染上了俗世的风寒
对日常生活的表情
似乎失去了最初的辨别力

公园的每一张椅子，都那么空着
是占据，还是离开
谁也不知道，对手的底牌
夜色尚好。我独守一处蓝色的房间
等一轮明月，从鸟鸣中升起

比万家灯火更明亮一些

复苏与探索

南方仍在倾斜。晦暗与困厄

每天都有所不同

那么多不确定性，仿佛一片乱箭

列队而来，盛大而哀伤

——十里洋场，陡然变得

非凡地冷清和荒疏

那些色彩和形状，超越山水的精神

在刀锋上流淌

那些染过的码头、街口和车辙

从熟悉转向陌生

我们不知该逃往何处

黎明迟钝。季节错位和笼罩

我在剪不断的问题中，寻找答案

不知细节，也无所期待

阳光在公交、樱桃和水波之间

勾绘与生长。每一寸沃土

都有臭味相投的植物

在复苏和探索

它们比北方醒得早一些

雨水醒来，公园醒来

　　　　　　　　记忆的空纸盒

紧随其后，一枚模糊的太阳

正接近于迟暮

只有若无其事的湖水

显得相对年轻

望江楼随笔

一枚落日，苟延于早春的眼神

除了花红柳绿是确定的

一切烽火狼烟的事物，似乎都具有偶然性

望江楼盘腿而坐

几个被乱花裹挟的女人

赶来公园门口，享受唐朝诗人的闲愁

岁月无序，静止在一条曲折迂回的长廊

汹涌平复于柔情，如梦中风月

只钟情于一个水码头

所有浮光掠影，都随灿烂散去

又何必在意

败在怀里的一片残红

晚风推开我的窗门，俯仰都是枝叶扶疏的翠竹

好像心事重重的楼阁

深陷于一片洪荒，万物的姿色

掩饰于灰暗的鸟巢

或许正待一轮新月来确认

极目无明，每一扇天窗

都是欲说还休的言辞

多少前朝的光阴，被一群酒徒虚掷

人世间找不到一条河流

与生活相关的细节

落日搀扶一棵老皂角，此消彼长

一只金丝鸟，从皂角树飞落柿子树

翻阅每一张枯叶，如阅读苏格拉底的哲学

皂角太苦，核桃太硬

唯有羞涩的柿子，可以成为今晚

一枚似是而非的幸福

丰收的消息

秋风凉，稻谷黄

在秋天的叙事里，丰收

是一粒粒稻香，归集而成的

野雀已咸集于场铺

季节之上，无须再讨论桑麻

有人从田园走来，为一个稻草人

传递丰收的消息

秋风好像清瘦的邮差

以某种预设的节奏，将丰收的消息

传遍村庄的每一个角落

如果不抓紧收获

秋天就会失去更多的颂词

在最后一场阳光里

我的乡亲，以朝圣的姿势

拥抱每一片稻田

——热爱土地的方式

如爱上帝的花园

岁月饥馑。我常常借助一粒稻谷

来表达对故土的热爱

九月的问候

你的秋天，翻山渡水而来

那一种激越的脚步与清新的仪式

仿佛让整个世界，都退到了

一条大河的后面。一些波澜壮阔的呐喊

以曲线的方式呈现

每一朵浪花，都有一个不朽的主题

在季节的书页上

写下一系列流动的思想

九月的问候，显得有些温馨和特别

已经过去的，且当成一种追忆

正在经历的，越来越离奇

就像一根火柴，轻轻划出一道光芒

转瞬间，蔓延出一片秋色

这些自然而然的色彩

流水一样的流着，仿佛东坡的清夜

有简单而孤傲的月色

九月天气晴好，好得像是一种虚构

秋雨绵绵，总以一种女人的感性

持续改变着季节的质地

有时候，秋天的言辞也有一些无奈

就像我隔着车窗，向一群鸽子

传达慰藉和妥协

码头上人很多，几枚光阴横斜于此

如果秋天有岸，就少不了一只水袖的接引

过江之鲫，或许有另一种人间

唯有我，留在九月的此岸

一遍又一遍地重复

米兰·昆德拉偏好的"无意义"

在昭觉寺读禅

无数次，我手提岁月的浮灯

走过向北的巷子

试图读懂，站在古寺的塔顶上

一只乌鸦的密语

那一次，我与赵四小姐同其尘

穿透昭觉寺的钟声，一阵古朴的风

过耳仍喋喋不休

在我们的眼前，一片丛林

用几句鸟鸣，回应这个世界的寂静

一个翻阅经书的老僧

耽于屋檐下的阴凉

对那些前呼后拥的热情，却无动于衷

趁秋天正走神，我抱持一种肃然的姿态

来到一个星宿落座的地方

在高高的石碑前

阳光呆呆，打不开一个女子的心

却将一册陈旧的经书

缓缓打开。那些暗昧的文字

仿佛等候多年的雨声，淅淅沥沥

我只记得那么一句

——唯心是佛

总有一些话题值得一聊

黄昏的影子，在落日的叫声里

越来越瘦。石头和水草

被安置于锦江河畔

我放飞北方的水鸟，终于回到了

前朝的窗口

以宋朝的形式，展示一段苍凉的往事

展示与草木相处的亲近与欢欣

人间草木，已枯竭无为

但每一棵植物，每一朵花

都隐含着过去的印痕

那些奔走于旷野与村落的喜乐和哀愁

是一群陌生人

善良和谦恭的一部分

似乎这些自然物语，无关乎我内心的表达

只有那些从朋友的微信圈

转发而来的资讯

像一杯热咖啡，端在书房的手上

让我无聊的桌面

多了一些苦涩而空洞的话题

散花楼

散花楼是在后子门，还是在迎晖门

那是一个史学上的问题

于我而言，散花楼介乎百花潭

与琴台路之间，却是现实

一个人登上散花楼，我仿佛看见

某个汉朝的书生，从沧浪桥走进琴台路

走进当垆涤器的小酒铺

屋檐下的灯笼，宛如一排市井的烟火
说亮就亮了上千年。
熙来攘往的人群，是一阕汉赋
被阳光反复翻阅，一些人事
在时间和季节的节点，走失、轮回
化作史书上的符号
书生离开时，身后嗒嗒的马蹄声
留下了风流余韵的传说
当我转身时，向南的百花潭公园
仍旧守着两条河的对称性
除了历史的尘烟
多了一些鸟语花香。街角的凉茶铺
泡着红男绿女，几许柔软的时光
这样的秋日，走进散花楼
我似乎听见，朱红色的花窗
飘出那么一段，凤求凰的鸟鸣
如果再散落一枝芙蓉，整个锦官城
就万紫千红了

锦水的局部

锦江总是这样，决绝而任性
一如既往地，将春天分发给平原
一些黄昏，还未及解读

而更多的日子，已不见了踪影

总是如此。有一些小脾气

更有大格局。长久而徒劳地追逐群楼

白云和呼啸而过的风声

仿佛一种神秘主义

既往有多少帆船逝去，就有多少三角梅

在你的窗外重生

我对锦江的局部，始终保持敏感

阳光明媚，就顾忌野花恣意

清风徐徐，又警惕那一片绿柳

被抚得过于舒适

你看，那一些栅栏围起的小空间

藤蔓与柳丝相互缠绵

让一些不为人知的秘密，四处扩散

牵牛花的小手，从东墙爬到西墙

看似杂乱无章

实则是一种秩序和自由

题金沙遗址

散步的先师们，带走了伟大的钱币

光芒和成熟的思想

留下的湿地、羽毛和旧渔船

或许会成为，我寻踪问道的线索

老码头仍然保持着

一种神秘而古朴的美感

深秋时节，一棵香樟树还能记起

早年的庭院、草坪和微风下

演唱的太阳鸟

小人物无力改变，时代的叙事风格

比如我，失败于一种闲愁

在一岸灯火中，想念远方和亲人

我的言辞，比浪花破碎的姿势还低沉

我倾向于古寺的钟声

——那稍纵即逝的梦境

像前朝的微雨，有一种欣悦的宁静

一些浪子、烟缕、等候，

一样的风景，在沙滩上演绎

月光落进楼台、锦水、随遇而安的鸟巢

到了清晨，我才发现

漆黑的街巷，并不比一场落叶

清爽多少

白鹤梁

水上人间，白鹤栖梁上
总有和煦的风，吹来竹笛渔歌
起伏只是一个姿态

不可驻足，也无法看见更多
一只野鹤，容易孤独
整个冬天都一样
而温文尔雅的鱼，绕过消瘦的礁石
窃窃私语，亲密如我的姊妹

河水奔忙。你的梦想是一堆沙尘
经不住疾风劲吹，说散就散了
流水之后，鱼群回到故乡
在这里，唯一的黄昏
被孤舟，乱石和一朵闲云分享
流水是废墟。我想告诉你
——前朝往事，注定无法重复
那些马灯，酒壶，和破旧的渔网
已失去了宋朝的热情

我热爱的白鹤梁，多少暮色
被你坐成空旷
你是苍茫中，走失的歌者么
——在你的额头
沉默的，是一只反复蹁跹的白鹤
仍有独立的思想吗？
在落向船舷之前
是否确定了，一座古城
千帆竞发的风向

记忆的空纸盒

苍蝇馆子

简陋的桌面，目光坚定
色调是一份账单。在主人的台历上
翻动着不同的面孔
有的微笑，亲切，是敞亮所需要的
一切都萦绕于此
可以佐证与主人的某种联系
有的沉郁，沮丧，就像一种气候
对我们所做的那样
不必抱怨，也无所谓喜爱
许多命运的主题，似乎都体现为挣扎
或以凹陷的形式
存在于事物的表面。如酒瓶上的印迹
手上的刀痕，以及木墩上
岁月撞击的小坑
时间的灰色，并不妨碍猴子的世界
变成橙色的秋天
只要主人的桌面，仍维持足够的
——廉价和卑微
秋风送来的食物和思想
就完全可以吃掉，所有客人的悲欢
包括一个苍蝇馆子的意义

岁月的板凳

西蜀的桥，不知走过多少

那些向水而生的桥，是月亮的前世

多少历史的影子

镌刻于桥头的栏杆上

见证了一座青山，生生不息的阴阳之道

多少岁月的板凳

将半城水色，坐成了一段美好的时光

每一座桥的背后

都有山巍然而立，有树寂然生长

有秋风扬起的稻香，在楼阁之间流淌

那些散落于桥头的蝴蝶

柳絮和桂花，仿佛秋水与落霞的美学

充满驳杂而深刻的游移性

有人从索桥、南桥、廊桥，走到观风桥

看一江孤独，从古流到今

千年的承诺，压根儿就是一个凄美的传说

有那么一天，我也走走兴隆桥、大官桥

不管名利兴衰，会元桥上歇一脚

下一站便是红桥了

如今的游人，从桥上走过

阳光每移动一次

桥下的流水就喧响一次

瓦蓝色的烟雨

我的城市，趴在一场雨季里
无计可施。仿佛一只心灰意冷的鸽子
散发出一些不确定性
这样的天气，始终持有一种
模棱两可的态度
院子的梧桐、香樟和纯粹的芙蓉花
不得不以赤橙黄绿的对话
倾诉季节的忧伤与困惑
那么多的秋叶落下来，无论怎样地落
也难以对抗，这个潮湿的季节
——我们别无选择
徘徊于熟悉的路口、市场
及周边的背街小巷
与那些嘈杂的耳朵和陌生的面孔
保持谦让和节制
妥协于时运，并非是一种荒谬的举动
劳而无功的日子
总有那么一点短暂的领悟，值得回忆
生活哪有绝对的美学？
秋风凛冽，鸽子低飞是一种

阳光古拙，茶盏涉水而来，是另一种
我随手拾起一片梧桐的忧郁
种植于天花板上。将如此苍白的象征
当成最后的家园

小草屋

今夜，月亮出现在八点半的城市
爬上剧场的屋顶
以倾斜的角度，照亮文殊院的小青瓦
它有青瓦灰色的表情
它停在九眼桥的边上，因为秋风
有了小桥流水的气味，有了弯曲的表情
仿佛秋鸿搭建的鸟巢
一座被万家灯火俘获的小草屋
孤独于高塔的上空
古朴而温柔，谁也不能分辨
一场华丽的演出
谁是主角？一只鸟巢出现在天府大道
有了猎豹一样的表情和银杏的光芒
它挂在环球大厦的墙上
一场大戏演绎悲欢离合
一盏明月巡大江
江流千古，流不尽人间烟火

今夜，在桂花巷

一只月亮从东门游到西门

被月光洗过的窗户

每一处都透出节日的蛋糕味

这里是雁江

这里是雁江。如果你没有来过

你就来吧。秋日之景

被风吹着。阳光站立不稳

漫不经心的草木

被雨水淋着，扶不上墙头

如果你有期待，请跟我来吧

来不及准备舟子。你就乘着

豹子一样的风，或者狮子一样的浪

来吧。一个青春的形象

没有一点装饰，也无须刻意

就这样来吧。与一群陌生人一起

去迎接阳光下的云朵，或者

北方寄来的大雁

你看，那一枝唐朝的桃花

经雁江千年激荡，还那么清新

你看，宋朝的滩头，被阳光万遍抚摸
仍可以听见，水草的欢呼

那是一片生长幸福的田野哟
有辛勤的劳作，就有稻粱的掌声
有抖落的汗水，就有
村庄的喝彩。我想走过一道道青山
去与南津驿交谈
抑或，走过滂沱的江水
去与码头举杯

如果我们陌生，就可能相识
如果我们熟悉，就一定会相知
就这样来吧，走进玫瑰花开
不为看花，只为万花丛中
那一个形单影只的人

在你不经意的时候，就这样来吧
江湖路远，不需要过程
浮生若梦，更无须家长里短
有屋檐，就有收获的喜雨
有台阶，就有相逢一笑的兄弟

　　　　　　　记忆的空纸盒

麻雀的幸福指数

你不必纠结，从前的理想
一只麻雀的幸福指数
对桃花和流水而言
不过就是一个颤抖的音符
谁也不会在意
你的祖国，是谁的花园？
给一个好天气
每个人的脸上都笑开颜
是现实还是梦境，都不太重要
生活过于抽象
简单的快乐，其实就那么简单
在黎明醒来的路上
有一次可能的日出，就足够了
在鸟雀的情歌里
一树阳光，比一树尚好的桃花
更容易让人陷入
春天的困境

燕京看雪

大雪如约而至。燕京的大雪
厚60厘米，增减一分，都有梅花呼应
平原说，瑞雪兆丰年；
天使说，干净的雪可以让世界更干净
路边的清道夫，铲着雪
什么也没说。
北方以西，纽约的暴雪，不速而至
厚59厘米。天空说，我的鸟儿无法放飞
道路说，我的远方，车祸连连
在北风的眼里，纸上的江山
一吹就破。无家可归的人
沿着上帝的行迹，流浪、流浪
似乎在默念，一样的雪
有不一样的悲欢
……在南方，大雪是纷飞的羊毛
被带刺的舌尖悉数收割

榆钱树

站在春天的榆钱树

记忆 的 空 纸 盒

总有一些生存的经验，想要告诉

路上的行人

比如雨过天晴，晴朗整个成都平原

鸟与树相处久了

也会日久生情。树叶落了

鸟儿可以飞走，但若想流水不朽

却没有那么简单

每一个瞬间，都有花落春风

风越大，万物的悲欢就越难分辨

古寺的叮当声，可以反复

而一棵榆钱树的孤独，有谁能听见？

人间无新事，说书人的讲述

都是一些懒洋洋的梦呓

春天走失的鸟儿，会在秋天回来

你不必为杜鹃的悲鸣而忧伤

这个光滑而新鲜的季节

每一片新绿，都是孩子的脸蛋

悄然演绎不忍触摸的稚嫩

在鸟与树之间，选择某个安静的巢穴

不管未来的天气

有怎样的变化，只想将穷人的下午

过得有点咖啡的滋味

外滩即景

黎明的老码头，从帆船的梦中醒来
万物让自己的记忆
丢失在浪花起伏的影子里
随朝霞生长的桅杆
仿佛无形之手，指引一群游客
走进某街某号的旧址
那些芝加哥学派的建筑，被海风吹着
吹过耳畔的，除了一些风花雪月
也没有什么值得纪念的事件

如果阳光明媚，只需半天时间
荷花就可以开满庭院
一个人的风景，转瞬即逝
而人间的爱，却会缓慢地到来
比如姑娘的软语，像三月悠然的雨声
洒在江面。虽然听不懂说些什么
但仍有一种光滑而温暖的情绪
流过我敏感的神经

此刻已开始拥堵。人流、车流、水流
奔流不息的理由

记 忆 的 空 纸 盒

每一种形式，都有不一样的表达
像不断涌来的浪头
拐上外白渡桥，就四散而去
像辽阔的往事
不是在一个时间点，精确地投递
也不像某个小报记者那样
捕风捉影地传播

每一条消息，都真实而陌生
陌生的江水和流向，陌生的树叶
以及风一样的明星
像雨后的秋蝉，略显孤寂的鸣叫
几乎要打开整个秋天
好天气来临，其实很简单
一阵清风，就足以让无数的窗口
晴朗起来。

生活不只是虚构。在每一个路口
都有游客和时间
在等待无名的小酒馆
在法国夫妇和美国夫妇之间
每一把椅子，都像一个陌生人
一个陌生的醉鬼
需要再来一杯，在酒中流放
在酒中摇摆

在一种白色泡沫中复活

仿佛整个城市，都被时光灌醉
江上游动的铁壳货轮
是唯一清醒的事物
始终保有一种统治流水的野心
那些排兵布阵的树木
在马路边打盹，对路过的苦闷和匆忙
仍保持着一种警惕
而对流浪的列车，走失的情人
却显得无动于衷

一些相似的灯火，对夜晚的巴士
或许是一种不平常的慰藉
我只好在此安顿下来
在一个漂泊的港口，找一个座位
找到某种秩序
等候日出、鸥鸟和远行的客轮
等候手持旧报纸的接头人
早点送来明天的行程

船长是一个怀揣暗器的人
所有久远的事物，都愿意为他
改变自己的选择
他如此匆忙，夜晚之门还没有打开

他就走出了，清晨的台阶
每一个港口都是起点
而终点，是无所不在的想象
是纽约，还是巴黎
对有些人而言，想象比现实
更容易让人陶醉

而他，总是居无定所
像一朵流过外滩的云，春水入海
就算是最后的到达

淮海路

这里的秋天，像麦卡勒斯的咖啡馆
坐在其中，你可以伤心地哼唱
也可以孤独地沉默
霞飞路，有的是选择
每一个路口
都有成片的橡树，走失在雨中
就像一些绝代佳人
走失在静水一样的记忆里

我怀念那个古代的酒肆
百年前，是否有另一个彼得堡贵族

怀揣一种桃花般的梦想
走在这段相同的路上
与我一样，在一座石库门里弄
等待一个深居简出的女子

这里的潮流，五颜六色
有夏天的腔调，更有秋天的格调
夏天已经过去了
那些为秋天而来的雨水
让尘世的旌旗，不停地变幻
仿佛一群水鸟
刚刚掠过红房子的屋顶
秋风便随之而来

又一个晴朗的夜晚
月光那么近，又那么远
蒲江绕道而行，轻舟顺流而下
一朵法兰西风格的晚霞
落在女子的脸上
一半笙歌，在今夜风流
一转身，就看见那半个月亮
挂在秋天的窗台上

　　　　　　记忆的空纸盒

一个人的梨子坪

一个人的梨子坪，不慌不忙

曾经种下的浪漫和勇气，已了无踪迹

昨天的阳光，数也数不过来

今天却不会再遇见

世事无常，就像这里的天气

我该用什么样的色彩，去呼唤故乡

万山红遍时，有金色的阳光

有奇异的瓜果，一片成熟的稻田

压弯了秋天的曲线

又回梨子坪，我的安也之居

熟悉而又陌生

我从你透明的额头，取出柔软与宁静

所有的忧伤，都敌不过一只白鸟

踏碎稀薄的水面

我的故乡，你还好吗？

仿佛轻风对话山冈，蕨类序时生长

当年的百灵鸟，是我的姐妹

一个春天的早晨，鸟儿在雀跃

流云在歌唱。鲜艳的碎花衣

在贫穷的风景里

静静地飞翔。多么瘦弱的村庄

无论季节怎样迷乱

秋天来了，这里的田野

都逃不过，层林尽染的命运

一个漂泊他乡的人，领略人间正道

所见所闻，都无须太认真

不必在意那些，无声无息的问候

绿肥红瘦的经验告诉我，风吹蝶翼

千金垂落。总有一粒果实

是春天开过的花蕾

姚渡的时序

姚渡，有一种水质的生活

山谷与乡途，都是客家人的儿女

在语重心长的叮咛里

世代延续着，这一小片稻粱和水域

一圈大过一圈的涟漪

选择我偏好的角度，走进姚渡

有一块小小的平原

可以种植农家、菜园和待开的油菜花

一棵树的蝉噪与丛林的幽静

引领万物的时序

一条溪水，或宽或窄，或急或缓

被命名为西江河，这是客家人

为一种遥远的流向，增加某种辨识度

无关乎临河居的阳光

是否每天都年轻。我沿着一棵常青藤

走进果实一样的凉水村，一些生活的细节

扩散在东家的阳台上

不管流水与时光，怎样倾斜

总有一些美好的叙事

让匆匆而过的鸟鸣，情不自禁

晚风的伏笔

只有打碎这些影子

你才能看见，更为清晰的往事

一群麻雀，符号一样

掠过丛林

迷失于古旧的神话

影子越来越小……

像一声鸦鸣，了无牵挂

潮水退去之后，这个世界

已没有什么真相

被月光流放的夜晚

已失去了，人类的想象和抒情

如果还有什么伏笔

那就是一些晚风，改变了午夜的一切
而这才仅仅是
一个季节，烟雨蒙蒙的开始

你可以拥抱春天
但匆匆而过的尘世，除了这些
杂乱无章的秩序
已抱无可抱。夜色凛冽
断魂的钟声，让握在手心的生活
显得有些百无聊赖

这个春天，不修边幅
像千古的道人，将一个永恒的命题
放在自己的怀里
反复揣摩。该开的花
肆无忌惮地开
乱花迷住的，不是人心
而是某种，语无伦次的荒谬

海上笔记

海鸥掠过晌午，浪花涌进舷窗
一些古老的节奏，不停地拍打海岸
传来噼里啪啦的声响

记 忆 的 空 纸 盒

多么美妙的哀伤

这个时候，在我的远方

一个秋天掩藏的世界，阳光清瘦

鹭鸟逆风而行。潦草无章的风

像我的船长，扯起宽大无边的丝绸

让一万顷涟漪，舒展而来

高远而去。船长离开后

在我的印象中

整个海域的黄昏，都被一种宁静的蓝

所占据。我在其中回味

旧时光的轻，和蓝布衫的咸

此刻，适合借我一壶南山的烧酒

与沦落天涯的知己

共饮海上明月。适合想念

小城之外，一个鲜活而精致的女人

被秋风撩起的人间烟火

随一阵笛声远去。一个人的时运

或许才刚刚开始

远山近水都被抽象

秋分之后，那些山水

翻山越岭而来，向东徐徐展开

一条低处的鱼，逆流而上

浩浩荡荡的岷江哦

被鱼嘴吐出的秋风，不动声色地分开

分与合，都是一种优雅的姿势

从此，外江的流水

以无奈的表情，拐了一个弯

就选择了另一种流向

而内江却欢呼雀跃，一路向东

别过宝瓶口、伏龙观

南桥以外一马平川

乾坤之下，一江总揽万物

你看，这悠悠江水

这李冰治过的水，像驯养后的小鹿

以古典的韵律和节奏

向广袤的川西坝子，娓娓道来

高山流水诵知音，千年不绝

水旱从人的故事，在万家灯火中

一章一节地流传下来

烟袋斜街胡同

从钟鼓楼到什刹海

一条细长的胡同，烟袋一样

斜斜地躺下来。每一张铺子的脸色

都有颓废与安详的表情

比如烧饼铺、包子铺、义和轩酒馆

我看到的是宁静的烟火

更为深刻的，不仅有恒泰

还有双盛泰烟铺的，沉默与恍惚

我要说的是，每一个旗人

都是吞云吐雾的主儿

他握过的烟杆儿，有北方草原的气息

有雄鹰的温度和黑色幽默

何似在人间，炊烟袅袅

不是模糊不清的表达，而是一种心情

一种影响，你不能忽视

在闪烁的烟火中，一个旗人的信仰

仿佛飘荡的幌子

与起伏的人生一起等待和坚守

黄叶成灰，是生活的嘈杂与甘苦

在烟锅里煎熬与挣扎

那是一种情怀，一种对火焰的向往

北风可以掠走万物的光鲜

却无法阻止每一次金色的燃烧

我看到的烟灰，在阳光下

让是与非达成和解，存与亡保持平衡

烟袋斜街，一些似是而非的想象

定格在，灯红酒绿的海子上

成为一座断桥。半牙残月

渔歌寂寥

现在是禁渔期，还没有潮汐的迹象
远处有什么，打鱼船看不到
近处的垂钓者
闲下来，是想给一条鱼让出一条路
那些有关鱼类的对话
即将结束。在一片自由的领地
所有的鱼尾，都可以在午后
无声无息地晾晒
自己的风尘和往事
那一串从容的摆动，清晰而委婉
仿佛在向世人宣示
这个季节适宜放风，适宜
在雨过天晴后
与几分姿色的女老板，深情地拥抱
离岸不远的地方
一个渔家姑娘，以光阴为伴
用秋风一样的三弦琴
将美好的渔歌
又重新弹了一遍

水上嘉州

潮水汹涌的岷江之上
起伏的栖霞峰，犹如一叶小舟
只见凌云寺的钟声，不见一片汪洋
大自然似乎有了新的计划
世界的背后，一些事物不断上升
不断上升的洪水，像凶猛的金钱豹
在反复吼叫，惊醒了街巷

一片寂静。辽阔而巍峨的山冈
沦陷于三江，已高不过一只佛脚
秋天如此多变
一场秋雨，洗尽万物
剩下一只灰鸽子，飞过头顶
让整个南方的秩序
多了一些无知的任性和隐喻
在亲人的眼里
秋水长天，是人间最大的幸福
因为亲近，所以喜爱
而命里的悲伤，只不过是
滔滔江水，扬长而去

江安河

一条河堰，流过长安桥、簇桥、金花桥
许多年了，江水流过的地方
万春花香。江山安好
如一段虚构的时光
——我曾无数次，走进那些古老的倒影
试图收集一些时间的礼物
献给一位爱山水、不爱美人的英雄
我把远方归来的鸟儿
放飞在江上，让平静的水面
重新响起失传的歌谣
我感伤于现实的复杂与假象
好山好水，被沿河的花事搞得走投无路
我只能以一种老朽的真诚
去关注和阐释，那些其命维新的事物
在波光粼粼的日子
夜色吃掉了桥梁，流水渡不过浅舟
我的旅程，只需一朵小小的浪花
就足以云淡风轻

记忆的空纸盒

西塘的夜晚

小乌篷走了。秋雨如往日的社戏
在河埠上亲切地演绎
鸳鸯的婉转和流水的自信
舟楫摇落的柳影，刚刚平静入水
又开始涌起，一层层纠缠不清的浪花
晚归的渔人，仍徘徊于近水楼台
看秋雁飞去，又飞来

半牙新月，置于暮晚
古意廊棚，像悬在半空的水桶
光影般的鱼群，在他圆形的世界漫游
旁若无人的麻雀，飞出树丛
要在各自的枝头，寻找经年的传说
每一个弄堂都是一条朝圣之路
草木之心，无问魂归何处

秋风吹旧了，酒家的门扉
西塘的灯火，如醉眼蒙眬的书生
向一条战栗的清河走去
不动声色的表情，暗含着孤单和不安
莫非那独立于岸边的水阳楼

就是他命运的居所

一枕廊桥，遗梦我半生
西塘之夜，在丰腴的秩序中沉默
多少欢悦和忧伤
在山清水秀之间，侧身而过
晚风劲吹，把渡口的吴歌
吹向临河的木窗。柳荫下的水鸭子
断断续续地哼着，时光的复调

只有一些寂静的东西
比如一朵流云，在远古的旋律中
维持着一种归隐的要义

资水之阳

清晨，趁黎明还未完全绽放
我打开资阳的一扇天空
蔚蓝之下，万物褪去了潮湿
淋漓的阳光，涌进一页小小的格窗
阳光照进街巷
扶起高楼、铺子、车流
植物和恍惚在阳台上的目光
让一些天真的花朵，在秋天的怀里

　　　　　　　记忆的空纸盒

在道路两旁，寂静无声地开放

阳光照在九曲河

那些浮在水面的音符

有蜀人的火种，有遥远的桑麻

浪花之上，渔歌和汽笛

仍在老船长的耳畔，婉转地回荡

阳光照在花溪谷

每一寸土地，都有蜀乡的亲人

在反复练习千年的种养

每一处流水，都一样地孕育生命

一样地滋润着村庄

阳光之后，一阵晚风

吹进神秘的雁江

辽阔而博大的江面上，一只鹭鸟

将一个碧绿而鲜活的理想

捎向梦中的远方

河流的经验

今夜有舟子，并不代表

月光就一定会照临

流水的预言，又是另一回事

每一种流向

都有定数，谁也无法掌控

船歌号子，已穿越遥远的街巷
我无法从江南的镜子中
找到历史的幻影
那些散去的浮华，像一个游子
你可以改变心境
却无法安排季节的轮回
河流的经验，或许就是这样
当船靠岸时，下船的人
会有一种王者归来的快乐
故事的完整性在于
时光是一个可爱的敌人
对老城深处那些爬藤、梅枝
雨伞和冒着热气的生活
总是关爱有加
至少有一半的幸福
来源于这一江透明的流水
江河不废。流水越古老
感情越丰沛

校园笔记

在造物主那里，除了起伏的山冈
还有清冽的海水
这是一个怎样的商人？

记忆的空纸盒

举手投足之间。让一方山水

在恬静中，开一代新风

这是一群怎样的先生

技艺如此复杂

让一片学海，知于无央

涛声潮湿，反复回荡在耳际

像亲人的嘱托

让这些蓝天下的植物

有不同寻常的反响

海风沉默时，所有的树枝都纹丝不动

仿佛一种天真主义的情绪

迅速感染了这个世界

这些90后的植物，无法让一册旧课本

读懂青春、快乐和校园的好时光

让清晨的海风，再勤劳一次吧

我看见学院路上

一位漂亮女生的头巾

在风中飘走

随之而来的，是一片三角梅

在自由的阳光下

寓教于乐

南京路

晚霞漏疏影。我像一个哨兵
在霓虹灯下，闪烁
眼前的南京路，如一首忧伤的老歌
流进曼克顿广场的耳朵
纷乱的人影、车影，灯影中的秒针
每一次跳动，都是一个
出其不意的音符

历史是一个歌女，"笙歌夜谱霓裳曲"
旧梦依然如故。
一种古老的节奏，有黑猫、楼外楼
百乐门的黑蝴蝶
有不一样的微笑、翅翼和风情
那些被遗弃的跑马场
抛球场，陈朽的窗户和屋檐下
水滴石穿。

那些迂腐的建筑，有鳞次栉比的性格
比如大光明、仙乐斯，
麦脱赫斯脱大楼，不同的文化和流派
抒情地列举在马路的两边

以魔幻现实主义色彩

消费了我的大半个夜晚

没有一个服务员，为我开具收条

在南京路，有缭乱的广告、海报

女星的花边新闻

橱窗的商情，像爱情一样

见异思迁。

有马蹄与叮当车，有咖啡和烟斗

也有流离失所的水浜

"夜上海，夜上海，你是个不夜城……"

我的萨克斯

有谁还想再听一遍？

起风了，一队工部局的警探

走过硬木铺排的路面

像一群蜉蝣生物，漂过蔚蓝色的海面

每一朵浪花，都有动人心魄的传说

一根锐利的胡须，划破夜色

如同身体内的孤岛，仿佛在等待

远归的客船停靠

一群沙丁鱼，涌进金三角

这样的浅水区，随处都是威士忌、雪茄

杯子边缘的吻痕

散发出柠檬一样的酸甜味
丽如银行打烊时
最后一笔头寸，也流进了
交易所的旧账单

那是一种交错与际遇，是一条红裙子
隔开的惆怅与幽暗
被一个女枪手，反复瞄准
一种被现实挤压的形状，或者斑斓
透彻如掉进深海的星辰

万家灯火，仿佛寂寥的指尖
弹落一段月色
你如果去探寻，天空就失去了想象
如果再去演绎
女主角就会悄然谢幕

桂龙公园

在午后的公园，落叶是一种隐喻
残缺的长椅，是另一种
我看见的锦水，在秋阳的关照下
居然有了几朵暖意
这样的情节，仿佛是在北宋

记忆的空纸盒

以梅为妻的林逋，在西湖的栅栏上
等待一只孤绝的野鹤
秋风穿堂而过。挂在秋天的芙蓉
就所剩不多了
好在有三两声鸟鸣
含蓄地挽留下，一些明媚的秋色
和慵倦的眼神
不使桂龙桥头的老槐树
太过薄凉

西江河的天下

西江河的天，怎么那么蓝
那么深。越深越蓝
似乎有一种颠覆万物的信仰
欲将一条河的天下
一网打尽。饮流思其源。
根植于山间的溪水，流过秋天
也顺道流过这片土地
那些牧放在田野的稻粱、桑麻
野豌豆和灯盏花，习惯于
鸡犬之声的生活
对不速而至的高屋建瓴
始终无动于衷

河水清浅，像十月破碎的光阴

充满湿漉漉的情绪

一大群人在河边，被栏杆扶着

静静地走。没有谁在意

一只红蜻蜓掠过

河水的秩序，短暂地

乱了一会儿。就被一阵秋风忽略了

徘徊在风中的浪花和水草

可以反复修改，游鱼怀抱的天光

却难以删除，这里的客家人

认祖归宗的伦理

阳光成熟而低调，远处该黄的事物

都黄了。而一朵野花

还在津津有味地开

第四辑

湿漉漉的记忆

所谓的远方

远方有多远？
是一个似是而非的问题
谁也说不清。远是一种可能性
没有明确的边界
秋高气爽时，鸿雁的远方
是一个天空的问号
"你看我时很远，你看云时很近。"[1]
在寒风瑟瑟的冬日
孩子的远方，是贴在窗格的年画
在看不见的秩序里
自由就是一个人的远方
在远与近之间
有一种清晰与模糊的过渡
所谓的远方，就是模糊的延伸
在我的眼里，
远方是无家可归的野马
杨树和辽阔的山冈
被秋风缠住了方向。是故乡的小河
怀水成舟。像我的亲人一样

---

[1] 文中引用句出自顾城：《远和近》

不说，就在梦里
说起时，就成了远方

那时候

那时候，桃花一开喜鹊就来
在花枝上摇晃的
是幸福多一些，还是酸楚多一些
在一个拾花少年的眼里
似乎并没有在意
春雨播下的物种，除了鸟鸣
河床上闪亮的星星，只存一粒柳絮
像一只小鹿，在水塘边飘动
小鹿突然跑起来
穿过一片矜持的田畦，不见了
大地多么平静。
像一张宣纸，被春风徐徐铺开
一只小蝴蝶，总想翩然其上

忆江南，始于一次虚构

人们不再关心
那些陌生的面孔，为何而来

　　　　　　记 忆 的 空 纸 盒

只纠结于一缕月光

能否扶起一根年轻的毛竹

还有谁？把搁浅于断桥的那一只孤月

演绎成一个迷人的传说

江南的叙事，似乎喜欢在暗夜

不经意时，一场疾风

将流水的阴谋，散布在运河的两岸

一些人从悲剧的遗址中走来

看山听鸟，把多事之秋

想象成一棵凋而不谢的桂花树

忆江南，始于一次虚构

落日残花，依然是旧时气象

驰骋而去的关山，像冲破栅栏的野马

重获自由的过程，既有虚构的真实

也有无形的逻辑

湿漉漉的记忆

春天来了。阳光接近于一种缄默

我走进一片空旷

一片自由的孤单。所有的窗扉

都是鸟儿的听众

你看，那些雨过天晴的脸色

有多么地得意

一些多余的风，停在春天的枝头

并不在意，给你的生活

带来什么样的秩序

就像故乡的麦苗，醉心于一种凌乱

对一场春雨的清新与自在

似乎全然不知

有时候，我顺从于季节的起伏

试着以一种赞美的眼光

看待残墙、碎瓦，和生活的阴凉

失败的岁月，对一些形将作古的事物

显得多么的珍贵

我注视着窗外，白云如意

草木晴朗，一如既往地虔诚

寂静和宽广

仿佛湿漉漉的记忆

时间的情节

在时间的情节里

总有一些故人故事，令人感伤

比如在秋天，离别是一个贴切的隐喻

谁都可以在其中

找到一种体面的哲学

离别不过是，一个无关痛痒的借口

记 忆 的 空 纸 盒

有秋风送来的，

那么一件灰色衣衫，才是最有温度的

最值得亲爱的人，珍视的存在

当你把归去的生活，重新梳理一遍

不管你有什么样的人生

一枚硬币的正面，宣示的日子和心境

不大可能由反面去替代

当我从日常生活的杂念走出

追随一位金发女性

走进一片喧哗的阳光，灿烂明媚的

不是她的微笑，而是花红柳绿的乡野

一粒自由生长的种子

在三苏祠怀古

千载诗书，英才无觅三苏祠

从南大门到济美堂，有亭台楼榭

竹木花草，半潭秋水

器识文章写千秋。想当年

策马纵横，"一蓑烟雨任平生"

而今穿廊过舫

只见溪水萦绕，小鸟低吟于林木

秋鸿有信而春梦无痕

只叹息，多少人相拥为邻

知名闻道有几人？

昔日三千繁华，早已随风落尽

今夜，我独步于纱縠行

月光稀薄，夜色至暗

门前古树凛冽，我仰望一次

秋天的颜色就加深一次

风吹黄葛树，仿佛在阅读一册

发黄的诗书

隔窗听风，只听见秋雨和鸟鸣

而宣纸上的闲花和野草

早已回到北宋的春天

岁月的旧账单

岁月是一本旧账单

记下生活的，每一次偶遇

记下我和秋风，策划的每一个阴谋

阳光每天，序时而升

一个人在暗处，把人世的荒谬与无奈

又仔细地梳理一遍

整个秋天，落在黄昏的花园

天空深蓝。流水浅白。

小野花开在深入浅出之间

一切都是那么恰如其分

就连鸟鸣的方向

都与远处灰色的车辙，惊人地一致

我愿意忘掉一些悔恨和悲伤

将自己的孤独

与一只秋天的燕子分享

白鹤梁的潮来汐往

那时的白鹤梁，峻峭而深刻

但却没有人在意

倏忽而过的，那一声鸟鸣

——怀旧还是抒情。多少迁客的梦想

被默不作声的浪花收藏

涪翁到来时，琅琅书声几欲争渡

漫无边际的落木

朱子远去时，皎皎明月

以一片涛声倾诉人间，悲欢离合

潮来汐去，每一次惊涛拍岸

都有一群不可捉摸的鱼儿，试图超越

江水的法则，变成风中的纤云

云卷云舒，每一次仰望

都有一种爱和理想，触手可及

我要感谢，这坚韧的河床

让秘而不宣的往事，长出了岁月的艺术

白鹤度化于石梁，云淡风轻

——沉默的渔火，是一记永恒的航标

可以穿越时光，照亮古城的春秋

而滨江路的烟火人间

仿佛另一条大河，源远流长

未名湖畔

我怀念那一片水域。未名湖

不只是湖光塔影，还有落叶般的记忆

云朵软绵绵地，漫步于湖畔

自由自在的，仿佛民国的大师们

一串串脚印又溜进了燕园

在我的眼里，燕园就是一条古老的船

被大师们一次又一次划到岸边

湖水清澈时，水手上了岸

学生们像一群活蹦乱跳的鱼儿

从考场纷纷逃亡

留下一条不及格的翻尾鱼

在那里长吁短叹

悲伤的作家、记者，和苦难的往事

始终深藏于湖底

也许还有更孤寂的，一只水鸟叫醒临湖轩

一片昏黄的灯火

记 忆 的 空 纸 盒

未名湖是鸟儿的乐园

鸟鸣在湖水上生长，果实如此灿烂

但也有不动声色的时候

湖面悠扬，总有一些花格子围巾

在我的面前晃来晃去

青春，独立的精神

让我感受到了，秋风拂面的必要

青春记忆

在某个夏天的正午

农人的花园，饱满的果实和麦穗

像一群蝴蝶，在阳光下起飞

孩子们在草坪上，跑来跑去

惊飞的麻雀，是一种逃避

从不为人知的角落，发出的叫声

让我感到亲切和自然

我独守在树叶和书籍里

以一种宁静的方式

耕种生活的余地

仿佛一只躺在桌面上的柠檬

静静地散发出

秋雨一样的气味

书房的隐喻

我打开秋天的窗子

让阳光清空房间，将鸟鸣请进来

将狮子放回南山

仅留下一群流离失所的书籍

在一棵香樟树上安然入梦

面对人类的涣散

一页知识在对另一页知识讲授

永恒的真理

无知的人在学习有知，有知的人

在讲授无知。此刻有清风吹过

清风是某种隐喻

让我想起经史子集的玄妙与复杂

我用一生的危险与颓废

试图去发现一些虚空的存在

我独坐于清风的浩瀚，让阳光怀抱一条溪水

在香樟树下流淌

落叶轻快，落叶是一种寂静的学问

以富饶的形式，堆积于黄昏

我走过去，走过一条漫长的小路

记忆的空纸盒

在故乡

在适宜的季节，在故乡
一些人来了又走了
只有那些颤抖的小路，放纵的野花
以及紫色的幻想
方言一样铺在山冈，不肯离开
我进入故乡的雨季
对一群抽象的麻雀结草衔环
将潮湿的日子，搭在晾衣绳上
不问秋风如何渡
只管将一株向日葵，半亩落花生
种在母亲的茅舍
在这个局促而狭小的空间
有一些值得信赖的事物
就可以确认——
哪一些幸福是具体的

孔雀蓝

父亲，是你孔雀蓝下的落日
让我恢复了，

对故土的记忆。故土多美好

我思念。那风车，扇起的潇潇暮雨

那苦难的土豆，

纯净的白菜，骄傲的向日葵

被雨水淋湿的鸟声

阳光下的白茅草，白花花一片

像一条大河，从你寂静的耳朵流过

天空的蓝，简单明了

仿佛是，你昨天铺上的旧桌布

被一阵风，重新掀起

一些悲伤的事物，被我想象成

墨西哥湾的海水，一阵又一阵的波涛

像父亲的摇椅，仍摇晃着

一些不切实际的快乐

我思念父亲的掌心

一轮明月的忧伤，像一把寒霜

洒在荒疏的房间

我捧起一个古老的隐喻

就像捧着黄昏的酒瓶，只想与父亲

对酒青山，饮下这个人间

——两行热泪

记忆的空纸盒

我的童年

北风轻轻地吹过来，吹斜了

操场上的红领巾

吹乱了，苞谷林的秀发

将少年的青春，吹得哇凉哇凉的

一个瘦小的童年

在池塘里游，在河滩上走

在枣树上爬，在社员的钟声里徘徊

黄昏已经离开很久了

母亲的身影，还未出现在家门口

我的童年，半蹲在月光的脚上

眼巴巴地望着门前的柳叶

树梢上垂挂的，除了宿鸟的低语

似乎还有母亲的问候

结束了一天的劳作，此刻的村庄

户户冒烟。让一个瘦小的童年

看不清，哪一片天地

才是出头的日子

生活的底色

在生活的宣纸上，无色是我的底色

如果须添加一点

茶和酒是最好的色，文字和思考是最好的空

空和虚主宰我的思想。想什么颜色

我的季节，就涂抹什么颜色

草色无边。我在自己的春天里

涂一笔绿色，生活的衣衫上

就多了一分隐喻

我的夏天，总开着一片灿烂的向日葵

让凡·高的色彩，装点金色的小屋

我在秋天的山冈

摘一张枫叶，盖在自己的脸上

我的梦里，满是红色的想象

而冬天于我，白色是最好的选择

干净、纯粹的颜色，是我一生追寻的事物

我的世界，是一座空山

麻雀飞走了，只剩下一片浆色

精致的篾匠

暮色苍茫时，我想起父亲

一个精致的篾匠，将一生的期盼

编织成满天的繁星

——让流浪他乡的孩子

在月黑风高的夜晚，能从一种模糊

重返另一种清晰

在道路崎岖时，我想起父亲

用梭草编草鞋，用竹叶编斗篷

用麦秆编织草帽和阳光

有一簾蓑衣，就不在意风来雨去

在季节变幻时，我想起父亲

用春天编织桃李，用夏天编织瓜果

将一坡层次分明的青菜头

编排在江边，迎风而立的木架上

将萝卜、白菜和知了的叫声

编入儿女们的生活

每逢秋冬时节，我想起父亲

总是把一些幸福的片段，编进旧风俗

我丢失在山冈的荒凉

是否早已被父亲，编织成了一箩筐葱郁

月光朗朗。父亲用家传的手艺

编织村庄的野史和传说

将一生的苦难，编进梨子坪的农历

谁也不知道，父亲朴素的心愿

——只想把晚钟敲碎的落日

编进平静的长河

母亲的旧日子

旧日子，在母亲的身后延伸

仿佛失去踪迹的小径

向逶迤而来的秋风，反复唠叨

你隐忍于皱纹的忧伤

被炎炎烈日，越刻越深

你的目光，充满流水之哀

像落叶堆积的叹息

一群花黄的蝴蝶，随风飞舞

飞到哪里，都有人间的荒凉与孤独

那些可见，或不可见的事物

都在慢慢地消失

大半烟火，遗失尘土

你的一生还剩下些什么？

生活之上，你的汗水

湿透了身上的碎花衣衫

你锋利的影子，像一道岁月的闪电

劈开记忆与悲欢

劈开午后的天空，残阳如血

你的空间，不可逆转

只愿那一棵无言的老洋槐

陪伴你身边，给你一些温暖

一些气味。槐花掉落一串

旧日子就走失一串

城隍庙老街

雨后的晨钟，像一曲古老的民谣

从城隍庙的领口逸出

将人间的视野，联系起来

每一个维度，就多了一份默契

透过豫园的窗格

你可以看见，一些痴情者

在寻找万物的回声

雨过天晴。潮湿的街面落下了不少

精致如梳的碎影。

走过去，一条窄小的巷子

积满厚厚的落叶

除此之外，别无他物

也无所谓故知，或者新识

一座与上帝保持联系的教堂
像一枚黑色的钉子
钉在黄昏的后院。钉子的秃顶上
陈列着麻雀的苦难

转眼就是傍晚。天色微茫。
每一条老街，都是奔流不息的江河
无数的灯火、桅帆和逝水
与一群巴士，隔岸交谈

远处的船舱，有一些水手
在一种隐秘的秩序里，感知纷乱
无奈和命运的不确定性
谁牵住了老街的水袖
就可以看清，生活的底色
并学会逆来顺受

新春杂记

斗柄回寅启新岁，春节
在农历的折缝中复始，岁首之日
被帝王和书生，反复修正
不管叫元旦、元辰，还是元朔

　　　　　　　　记 忆 的 空 纸 盒

都是先人报本反始的寄托

到了1911年，在日新的民国之后

顺农时，从西历

春节就成了阴历第一页上

最显著的符号

民俗与神话，在记忆里流淌

祈福的钟声，穿过藏经楼

在每一寸时光的宫格中回响

"年从夜半分新旧"

每一个元夕，一宵爆竹声

送来万里春风

"风送莺歌辞旧岁"，每一个元旦

都有梅花向你拜年

新春第一天，推窗见日

天宇朗朗。人间春色何所似

红披绿偃话农桑

——这扶桑舒光之时

对一枝梨花，意味着什么？

看，一场梨花雨，

绕夏日的旷野，过秋天的枫林

送来锦衣，五谷和年年有余

田园旧事

那时的田园，秋雨刚刚过去

流光耀动，鸟鸣嘤嘤

一切视野之物，似乎都保持着

一种宗教的习俗。可有可无的阳光

让整个下午，变得如此地谦卑

静止于草屋的杨树

被秋风技术性修剪，不知如何消解

那些早已格式化的孤独

田园的往事是漫长的

每一次梦回故乡，山水蜿蜒的艰辛

都难不倒一介书生的豁达

每一次身陷荣华轩冕的排场

都敌不过一张方桌上

一只酒杯的豪情。站在往事的牌坊前

眼见秋色流过遥远，野花整齐

晚霞绯红。无数的悲欢离合

都有形而上的答案

我庆幸，每一次日暮途穷的遭遇

都是一次幡然醒悟的体验

赤脚医生

村庄安静时，有不一样的美

让一个赤脚的姑娘

在千层云岭上，开出一片向阳花

一只紫红的药箱，收藏了

千家万户的颂辞。谁也不会忘记

一颗红心，像一轮朝阳

挂在高高的山冈上

在赤脚医生的路上，出诊和采药

是习以为常的两只脚印

走过落日的尽头

将采自山中的野蒿、苦菊和金钱草

用光阴之水，熬一服偏方

人间的疾苦，药到病除

至于出诊远方，像一只白色的鸟

只为具体的生命，不知道抽象的人类

将白云一层层打开，又缝上

潮汐退去了。只剩下竹林和春水

少年归来时，将竹林还给小路

雨后天晴时，让亲人回到

溪水宁静的草房

当年的老码头

想当年的老码头，秋风过后

青山瘦，流水更瘦

过了杨家滩，黄昏就是最大的码头

当你的机动船，驶进黄昏

驶入麻柳嘴，一个逆光而行的隐喻

除了几只船，还泊着一个古镇

——珍溪镇，那么的安稳

房子被一种穿斗，结构成两排起伏

而老客栈雕花的窗格

在夕阳下，又多了几分眉飞色舞

趁江风正爽，我坐进临江茶馆的椅子

让一群草鱼，在浪花中游晃

在这古旧的小镇

青铜似的水，煮新鲜的鱼

底色如此红艳，该是一种怎样的滋味

固执的胆水，点活水豆花儿

一位年轻貌美的女老板

递上一碟油辣子，你的花花肠子

立马就开始凌乱

在我的桌面，半盘辣妹子

遇见一碗油醪糟，我麻木的舌尖上

诱惑与渴慕的流水，奔涌而来

清香与甘甜，何其相似？

当一阵江风吹过，气味缤纷而去

潮水起落间，我拥一怀落霞

看舟楫往来，迁客相送

——向水而生，一只老水牛

从梨子坪走下来

与船头的白鹤，对视了一会儿

白鹤已远。而水牛踩着落霞的影子

如踩着一段旧时光

供销社
——有盐有味的记忆

说起供销社，有盐有味的记忆

就开始闪现

那些花布、花裙、花毛巾

眼花缭乱于柜台

所有的花色，都比不了长在布票上的

一朵干净的棉花

那些红糖、白糖、水果糖

甜言蜜语于瓷罐

所有的甜味，都甜不过女售货员

红唇上涂抹的蜂蜜

短缺的年代，尺短寸长

乡亲们的苦日子，一尺一寸

都得靠针头线脑穿起来

我在一针一线里

看见了乡亲们的阴丹蓝、灰卡其

和胜过秋风的的确良

我在油盐酱醋里，看见了乡亲们的洋火

洋油和煮在洋瓷碗的人间烟火

那时候，供销社是一把米花糖

我把它的甜，揣在兜里

那时候，供销社是一只麦草帽

我将向日葵一样的阳光，戴在头上

那时候，供销社是一把花雨伞

我把雨天的美好，掌在手上

荒度余生

我是一只风中的小兽，莫名其妙地来

走过自欺欺人的大半生

剩下的时间，乐于分享他人的欺骗

人世苍茫，我流浪街头

不再挣扎，也无须旁门和左道

我选择一种绝境

为抓腮刨蹄之困兽，侧身让路

我把一根冷板凳坐上十年

把枯寂的文字，坐出一点温度

把自己坐成闹市的隐者

独守一门冷灶，各自添加柴火

围炉夜话，静对一杯凉茶

即使没有上帝的指令，也可以停下来

该慢的就慢，不该歇的也歇

用一点时间等待

乌龟的打盹和路人的徘徊

我放弃一把虚土，种他人的地

不再过问，自家的菜园是否还有生长

无可奈何度余生

我甘愿画地为牢，与蝇营狗苟

望尘而拜之人，划清界限

随时随地，将对他人的情仇转向自己

在两股颤颤之间，实证万物的虚无

空白人间走一回

谈不上忧乐，也无所谓悲喜

——心念如流水

不了生死，且了心

捡拾谷子

金色的谷子，是我相依为命的亲人

不管是丰收还是歉收

我的乡亲，都会抓住一根救命的稻草

丰收的表情，有时可以读成幸福

有时也可以读成心酸

自从你来到田间，那一天

在同一顷水田，让同一株青绿的秧苗

拥有蜂拥而至的谷粒

阳光明媚哦，每一株丰盈的稻穗

似乎都在向你点头哈腰

是谁的悉心呵护

让贫寒的稻田，有了肥田厚土的可能

你的身影刚刚离去

我守候的田地，就开始水稻扬花

紧随你的脚步，有一群少年

泥鳅一样逶迤，把噼啪作响的音符

捡拾到饥饿的竹篮

空白与废墟

在梨子坪，那些空白与废墟之间

缺少的，是一个季节的过渡

——秋收之后

返回南方的故乡，在童年的田园里

绕过一片竹林，除了老屋

这样的废墟，空白是主要的表达方式

走进老屋，我就老了

我从高山流水的夜晚，获得的月光

并不比一只田鼠更多

梦想养育的一切，愈发虚妄

叫我怎样去告慰春秋？

想起童年，想起一些人和一些事

我在梨子坪堆积的草垛上

拼凑生活的意义

并不逊于巷子的早点摊

且合时宜的风味。在那般逼仄的小屋

你可以有哲学家的幻想

但连桌上的鱼骨

都像商人的欲望一样清晰

——日子急剧冷却。我已逃无可逃

躲进一处废墟

梦中醒来，仍是一片空白

母亲和她的风车

你总是那样，像一辆老旧的风车

一个人在深不可测的风声里

弥日累夜地旋转、吹送

将一些鸟语、秕谷，雨点一样密集的汗水

源源不断地释放

那陈旧不堪的形象，历经风雨

被反复敲打和修理

一种疲惫和乏味的生活

与母亲的背影，相向而行

故乡的秋叶黄了又黄

母亲，你好吗？

我不知道，该说些什么

一个懵懂少年，背井离乡

在死水微澜的尘世

漂泊大半生，可没有一处炊烟

会因我而升起

当日头照在白花花的江面

我却没有泛舟其上，指点江山

当春光明媚，花香跃然枝头

我又未能如彩蝶，忘情地翻飞

而今说起另一个夏天

秋风已至。我无力随一只飞鸟

去追逐大好月色

当我与黄昏，握手道别时

我满面愧色

想起母亲和她的风车

我不敢轻易谈及，那些生活的细节

我只能选择沉默无言

将灵魂与虚名，隐于市声

记忆的空纸盒

梨子坪过往录

在梨子坪，每一寸山河
都有自己的生存法则，旧荷塘不知
飞来飞去的鹭鸶不知
我也不知。三十年春梦无痕
一切流动的事物
都可以引发我无限的遐思
——花香诱田园，橘子上山冈
乡村的本质就是这样，风花与雪月
适宜于晴朗，而桃李之情
如掠过蓝天的麻雀
总有一些水果的气味。我忘不了
那个从岔路口，走过来的姑娘
那是梦中，多次重逢的美好
间或一朵白云
仿佛一场夜雨，下在你春天的发际
你把白云，种在我荒芜的稻田
几亩浅薄的白云
能否长出秋天的灿烂？
一个饥饿的村庄，被你打扮成
丰衣足食的王国。说起夜雨
就想到你的影子。我的思念日夜反复

早已进化成一串鸟鸣

鸟儿飞过的地方，所有的格局

都在改变。昔日过往的意象

——似乎一只脚印

仍可以佐证

大学时光

我的大学，是狮子山上

一片蓝天，每一朵云都记载着

学生们的物候和季节

我是一只山雀，从故乡的苦楝树

飞入成都东郊的洋槐枝

没有什么比眼前的这片桃李

更像我的校园了

当梧桐树上的鸟儿，飞去再飞来

枝头的果实又熟了一季

那时的狮子山，天上流着几朵白云

流过砖红色建筑和一树桃花

流进我的教室

——仿佛一群教授的天书

我总是在云里雾里

挨过一节又一节苦涩的时光

我的课外作业，是后校门的老茶馆

晦涩难懂的题目

像一把竹椅子，我一坐进去

四年时光，便旧成了茶色

我将满头长发的理论，泡在茶杯里

一阵阳光洗过秋水

让我清新和明亮的，是师妹

还是茶汤？

我当时有些惘然

狮子山的军装

嘤鸣园的窗门敞开

里面的汉英双语，发出的沙沙之声

如两棵槐树上的叶子

有秋风问候，正好落在窗扉上

整个校园，顿时安静下来

我越过老茶馆，在枕木上走着

此刻，你指给我两条平行线

从远方延伸过来

狮子山的草木，立马退让到两边

退无可退的地方

一只鸟儿，从枝头上飞走

转而又停在电线上

颤抖之间，你一身亲切的绿军装

刚好拥我入怀
狮子山的天下还未变白，草色的日子
已随车窗飞驰而去

洛带偶书

客从何来？一万只候鸟
追风逐浪，从黄河的枝头涉水而来
他们肩扛故乡最珍贵的部分
在荆棘上安营扎寨
用日月布道，借雨水洗去风尘
一条驿路，陡峭地将自己的一生履平
苍天有路，雁行哪管筚路蓝缕
从中州迁八桂，开疆拓境
若不是兵荒马乱
谁都可以把任一处山水当作故土
八方无边，英雄何必问来路
解湖广以填四川，嫡传多少耕读故事
将土楼，民居和晋阳熟透的大院
种植在川西坝子
一代又一代书香后裔
传文脉承礼仪，将河洛旧时的风俗
在锦官城的飞檐青瓦上
刻下深入浅出的痕迹

记 忆 的 空 纸 盒

为何来到这里？一种陌生的恍惚

让我失去了时空的想象

那么多的店铺，有人在木桌上重温旧梦

有人在茶水里各怀心事

那么多的光影，我却在亲人的眼里

看到了飞龙在天，鼓声响起来

那么多的色彩，我只在阳光的花园里

看到了，所有激情满怀的桃花

都试图把每一种草木的方言

唱成幸福的情歌

阳光遗弃的渡口

一个没有阳光的渡口

吹过来的风，是苦的，也是甜的

我试着让甜蜜的水袖

挥动得慢一些

就像恋人的影子，一步一回头

雾锁廊桥，算是一种困境

困境不大，方寸之间

足以让一幅山水

停泊在一个绝望的镜头里

永远走不出来

你可以拿走我的黎明

但正午的水鸟
仍旧躲在，几棵槐树的斜对面
用寂寥的时光
喂养自己，平静的水面
没有什么值得伤怀
一只水鸟，无法超度的秋色
在摄影师眼里，也无法抽象成
流芳百世的静物

在白纸上走出人模狗样

我是一只失去血性的孤鸟
将自己的小日子
贩卖给空气、粮食和午夜的月光

在春天的剧场里
无数戏子，与无数看戏的人
都有说不清的是非
就像梦里的魏晋
流水一样，淌过蝴蝶的故乡

月黑风高，天下一席
世界仿佛一群，托命的大雁
我为它们宽衣解带

让一切鸟兽虫鱼，青菜豆腐
在我的生活中，争风吃醋
兼及少妇怀中的暗香
一副贪得无厌的样子，吐纳无度

将自己的偏好
囚禁于一寸光阴。来日不多
去日不少。我像一只脱毛的斑鸠
在硬土里刨食，从潭影里取水
用一树盛开的桃花
交换带刺的青枣

傍晚归来时，抓一把春泥
当成自己的酒乡
你不必担心，那些快乐的花草
怎样向一朵白云大呼小叫
南方的树，挂满风铃般的往事
谁也听不见回声

唯有一阵清风，可以把暮鼓晨钟
吹成我的私生活
仿佛一只小鸟
在白纸上，走出人模狗样

追风的少年

一个低头赶路的少年
捡起一声云雀的哀鸣。好像捡回了
镜花水月的日子

他的衣衫，被月光洗得发白
像一张旧信笺，被人丢进秋风里
仿佛整个夜晚
都被吹进了，寂静的流水

烟波江上，多少蝴蝶
停留在惆怅的表面，而无人知晓

河流如歌哟，流进少年的记忆
有那么一刻，在他的眼里
月光比雪，更接近生活的本质

秋风长，日子更长
过去的桥，仍有一些野菊花
点亮桥头的往事

想起穷巷子的明天

记 忆 的 空 纸 盒

还会有一小块春风，等待你去追赶

少年的心里，仿佛跑过一只花豹

有一种针扎似的快感

梨子坪札记

1

从长江边缓缓爬上来

一个村子蜿蜒于山路的两旁

炊烟袅过，桃李三五棵

农舍七八家，这里便是我的梨子坪

走近这一方山水

我似乎又返回了，童年的志趣

那是我记忆里的坝坝电影

一群《暴风骤雨》中成长的《英雄儿女》

激越的《英雄赞歌》

唱得小小的梨子坪，无限春光

在我幼稚的耳朵里

一曲《社员都是向阳花》，悠扬的旋律

像一朵朵向日葵

在社员的心里乐开了花

简单点说，那时的梨子坪

是父亲的竹篮，打捞的一场春雨

让庄稼们喜形于色

而父亲的光景，却一年更比一年空

好比村口的橘子树，一些开花

一些结果，酸甜而芬芳

一旦进入古老的冬季

所有的幸福都会成为，虚构的苦菜花

如果往事可以分割

梨子坪的另一部分，就是母亲

苦心经营的自留地，麦苗、玉米、棉花

还有南瓜和青菜，豌豆花鲜艳

胡豆花狡黠。每一粒种子的珍贵

都与一个人的热爱有关

2

在梨子坪，我曾无数次去往

岩壁凼的打米坊

看蒙面的老黄牛，推着一台石磨

雪白的面粉，在磨盘上波浪一样涌流

整个梨子坪的岁月

就这样一圈又一圈地磨掉

也曾在白沐溪，看四月八涨大水

那汹涌的场景，说退就退了

潮水带走了，烈日下萎靡不振的草芥

仅剩下两岸青山沉吟不语的轮廓

在某种情绪中平静下来

在秋天，我喜欢随手挽着夕阳

在梨子坪上漫步

鸭棚子坝下面，是稻田

是菜地和金色的池塘

有这些明亮的事物，我的秋天

就多了一些慰藉

站在双河场的石桥上

看梨子坪的光景，一群候鸟

在场口的黄葛树上

叽叽喳喳地议论，不经意间

就泄露了人间的秘密

仿佛过了这个桥，就有一种梦境

就有一个自由的出口

3

多少年了，梨子坪的女人们

在热烈的草木间劳作

在壮丽的暮色里老去，托在手上的阳光

更像一个春天的惊叹号

标点了一个村庄，朴素而坚韧的具象

就像我的母亲，一双圆口布鞋

踩着泥土和花香，每走一步

她的身后池水激荡

风铃脆响。每一缕炊烟的真诚

都与一个人的思念有关

我曾在清溪场的街口
遇见一个当教师的女人
她急匆匆赶往码头，坐船去涪陵
春风拂长发，也拂动心事
——我的目光逆流而上
浪花簇拥，一艘机动船徐徐离去
——女人的影子，越来越远
最终消失于我的视线
而一个人的惆怅，几十年也挥之不去

4
后来，梨子坪的天空，越来越稀薄
我的日子，苦瓜有些苦
辣椒有些辣，除此之外索然无味
月光在村口一掠，我的手就抖起来
杏花漏出指缝、纷纷扬扬
落满了倾斜的草屋
脚面上的尘土终日变换，由苦渐咸
让模糊的雨季更加朦胧
在梦醒之前，我踩着七月的途径远去

今天我再次回到梨子坪
我想去造访，一些亲人和旧友

记忆的空纸盒

去问候鸡犬桑麻

向早起的牛羊道一声早安

这样的早晨，山梁上的钟声

又响了七八下

那是乡亲们写给秋天的献辞

晚风吹过村口时

万千棵麦子，熟透了杨柳冲的黄昏

几十年光阴流逝，而今的梨子坪

风吹柳翠，静野复序

我像一粒稗子，晃荡于人间的稻田

在我的视野里，一些年轻的情节

隐没于时间的废墟

小桥模糊于流水，葡萄老旧于西窗

在阳光的背影里，整个梨子坪

已然垂垂老矣……

宣威门城墙

在宣威门，春天就是一粒草木

撒在哪里，都能生长鸟鸣

我寻着鸟鸣的方向

来到杨柳河的拐弯处，不问世事沉浮

只见花红柳绿

你看那些茂密，那些从容的枝叶

不在乎多一点，还是少一点

有风雨就莺飞草长

你看那些嘈杂，那些纷乱的花朵

不在乎深一点，还是浅一点

有阳光就蜂飞蝶舞

我知道，春天易老，无所谓朝夕

而此刻，黄昏正走在路上

面容憔悴的古城墙，越来越模糊

好像先贤的自画像

许多年之后，什么事物都有了沧桑

连晚霞也是，在两岸青山之间

漫无目的地流窜

——最后穿墙而去。无关乎旧事

也不在意向往。有一轮明月

就是半梦半醒的窗台

故园札记

归梦如秋风，染于院子

也染于老槐树，从早上开始摇动的枝叶

一个人走在故园的路上

相遇一群故人，让我想起昔日的校园

已往矣。往成一个记忆

一片风雨声。那该是怎样的辽阔？

让我在少年的脸上

找到了从容而笑的细节

有关落日与故园的传说，无须修饰

更不必过多关注

我把乡下的天空，与城市作一对比

要么白云多了，要么雁声少了

在这不安的季节，要问秋在何处？

风不知，落叶也不知

少年的梦境

那是一片广阔的天地

我把自己年轻的时光，当成一本连环画

在阳光下反复翻看

看"花儿朝阳开，花朵磨盘大"

那些寄给清风的草帽

是否落在了，大有作为的年代

历经风吹雨打，一朵葵花飞奔而来

仿佛一粒幸福的种子

制造了一场史无前例的喧哗

我将公社的常青藤

改造成一条奔腾不息的大河

让勤劳的社员

在河畔种植万棵桃李，一间草屋
桃李下自成蹊，河流奔向远方
多一些绿水青山，就可以赋予一棵树
具有更多的现实意义

官窑的瓷器

所谓的尊严，不是幻象
而是一些阳光和雨水，平等地到来
一种玫瑰色的光泽
照在意味深长的事物上
淡泊不过一只失去光泽的瓷器
躺在灰暗的桌面
源于历史的美学形态，早已模糊不清
但仍有一种空洞的记忆
梦中醒来的青花瓷，终于意识到
空是生活的底色，是最接近佛学的诠释
一个人的空间，除了孤单
就是一些安静的底色
就像一些风，从村庄和粮仓吹过
水落石出的青花瓷
体现了一座官窑，气韵生动的黄昏
那是一片沉默不语的土地
是万物归一的风水

　　　　　　　记 忆 的 空 纸 盒

那些散落的瓷片，经过千年的冷却
才有了生命的特征
传说中的官窑，在考古学家那里
要么山寒水瘦，要么云淡风轻

爱情的标签

情人薄如一张纸。在你的记忆里
发黄、做旧，旧得陌生而虚幻
似乎与一个节日，热烈而暧昧的情绪
无法相提并论
谁能确信自己曾经爱过
谁会相信，这个日子与爱有关
如果一枝玫瑰，是一种隐喻
那一张白纸，就可以做成爱情的标签
那些文人，在梦中铺开的纸张
写满了一个怨妇，独守闺房的相思
一张白纸，既无花色又无言语
在此时翻阅，就像翻看一帧山水
可以安静地听水声
也可以娓娓而谈。水上明月与谁叙？
除了二十四桥，还是一只鸟
我隐身于薄凉的气候
看一群红嘴鸥，穿过鸟笼般的高楼

落在广场上。所有的信息
都无色彩，也无形状

重返校园

我们像走失多年的马群
重返校园。已不见昔日的庙宇
曾经的旧窗口、朽门板和光滑的石阶
被千年的风，塑成古老的图案
只见遗弃的瓦屋、老树和断壁残垣
那些破碎的时光
透出的苍凉与贫穷味
让附近的野花、杂草和麦浪似的青春
有一种超现实主义的视角
世易时移。我们不妨在校园一角
找一种残缺，坐下来
看草木转身，落日孤悬
看一只蜻蜓，怎样把日子过得
像点水一样简单
保持对过往的依恋和敬畏
是必要的。比如小时候
苦难的钟声，凉鞋和溪水的乐趣
一些景色、风俗之物
落在田字格上的，默不作声的方言

　　　　　　　　记 忆 的 空 纸 盒

像一首忧伤的挽歌

被一代轻浮的少年，一生感怀

反复吟唱

梦回南桥

行走南桥的人，像秋天

将纷飞的黄叶，分解成一群野鸽子

天空古旧，近乎灵岩寺的小窗

将众鸟与落日，

送入虚幻之境。穿过秋天稠密的手稿

这人间的寥落，有谁愿意去探究？

所有的欲求，都让人产生联想

一种假设的命运

等同于少年的轻狂与浅薄

在这样的季节，每一个低处求生的人

都会以一种静若处子的姿态

去阐释人世的辛劳与悲欢

就像八月的巷子

将阳光不断地返还给南桥

钟声沉迷于黄昏，而幸福最终属于

那些放弃生活高度的人

桐子坝的先知

像你这样的先知
通晓天地之节奏，对人间的祸福
早已了然于心。在你的眼里
月光是秋天的白马
千里风尘，所到之处
呼啸而过的，尽是流水般的音乐
这样的格局，就像花开花落一样自然
我寻着黎明的小径
走进你的桑梓
依次看见的，除了一株丹桂
一颗少年一样的石榴，古宅的一切
都与当时一样，人往人老
秋后的三角梅，依偎在残墙上
一阵秋风吹过
就有了碧血丹青的传说

马家渡

旧时马家渡，两岸人物喧哗
江上巨浪滔滔
临塔望西蜀，半城烟雨锁江堤
一船渔火渡东西

又见马家渡，一丛芦花迷失于津渡

江水绵长的码头，水清木华

我所见到的春天

千树花开，彩蝶云集于灿烂

每一棵红叶李

都以自己的姿势开放

开成水果的部落，广场的愿景

幸福之源的亮色

开成这个季节，最深刻的一部分

重返渡口的浪花

把岁月雕刻成，一只陌生的白鹭

鹭鸟远去。而马家渡

不见古老的炊烟

更不见摆渡人

梨子坪的小路

一个人，经过一条大河

走进梨子坪的小路，走进自家的老屋

我推开门，推开一个人的生活

像木门一样简单而贫乏

我沿着童年的小路走过，路边的自留地

苞谷林黄得像亲人，燃烧的古训

必然长着茄子、丝瓜，

尖锐的辣椒和富于表情的南瓜

我沿着田埂走过，曾经学农的地方

金黄的稻谷铺展开来

水草半伏在田边

而半山的樟树，已为我掩盖出

一片阳光下的宁静

乡亲们的生活美学，就是一帧水墨

不同的季节，有不同的丹青手

在此倾倒肥沃的颜料

甘蔗林倒了，芝麻林长起来

矢车菊谢了，油菜花儿开出来

每一户农家，都有自己的试验田

无须大千世界，只求半亩光阴

芒城遗址

芒城，是一座什么样的城？

谁能告诉我——

是冰河汹涌，还是铁马嘶鸣

让那些西蜀文明，最古老的章节

在寂然无声中消失

——石碑和文字的叙述

让人产生无穷的遐想

城墙之内，有刀耕火种的痕迹

记忆的空纸盒

竹骨编造的构筑物

是古蜀人饮食起居的场所

陶片怎么破碎，色彩不一的纹理

都深刻在这一片土地上

史前时代的人间烟火

石器不管新旧，已经具有了

——披荆斩棘的功能

内外城墙之间，一条壕沟

埋藏了一座古城，多少神秘的传说

城池可以荒芜，部落也可以流逝

而万物的轮回

却无法在先祖种下的

每一粒稻谷中，找到精确的佐证

一方水土，除了古蜀人

渔耕劳作——最原始的经验

仍在一口犁铧上赓续

只剩一条孤独的泊江河

静静地流过

清明，锦江怀父

对于我这样的迁客，只要梨花盛开

便会感到有无数的追思

像往事一样涌来

父亲在时，每一个黎明都具有确定性

父亲走后，没有一个夜晚

——似曾相识

父亲，我把你身后的杂枝乱花

想象成一种遮蔽与隔绝

将一场夜雨，作为遥远的寄托

在清晨，我放飞一只鸽子

让它带着我的怀思，来到你的面前

将复杂的情感

以简单的方式表达。如果天清气爽

就听风于青山。流水无声

春天依旧轻盈

请让酒鬼、市侩及梦中的情人

——清心寡欲

请以超凡脱俗的姿态，让一枝杜鹃

落花为礼。在万物静默中

有几捧人间烟火

随其左右。那一缕祖上的青烟

就会跳出三界，自由如风

走马河

多年隐居于河岸，一排桂花树

秋叶之静美，成为我缓慢的回忆

融入一些潮湿的事物

这多像我和你，对坐上河街的茶馆

我们溶于休眠的桂花

而不可救药。桂花之梦可以重塑

一条河的故乡。一阵惊涛骇浪之后

你的旅程来到了小城

我不知道，你将流向何方？

桂花树一回头

就可以看见，热烈而兴奋的图景

那是一条河起伏在黄昏

三分静气里，潜伏着一个老船工

大半生的潮汐

我想告诉你，秋天之后

走马河，是一只遥远而陌生的大雁

从梦中归来，带着干净的月色

我寻着大雁的踪迹，看流水怎样流走

无处不在的花香

故乡无新事

师法自然的人

总会在无路之处，想象有路

在有无之间，

寻找人间，好风景

之所以，还想去走一走

我在想，是否还有几处

好风水，没有被发现

比云朵更远的，是故乡的惆怅

比惆怅更轻的

是母亲手上的梅花纽扣

故乡无新事。阳光下

一杯梅花乱桌影

正月的天气，清亮如风

被春风追问的梨花

想开就开。说到村子的脾气

已变得越来越小

一些事物，被母亲修剪之后

怎么看，都觉得好了许多

年夜饭

那时的年夜饭，是农人的一碗愁绪

饥肠辘辘的日子

——辞旧迎新有多难

父亲把一年的肉票，扯成不同的形状

才有了灶头上那一块

干柴一样的腊肉。槐树下的公鸡

不知叫醒了多少阳光

228

叫过今日的黄昏

就成了菜板上的鸡块，鼎锅里的鸡汤

当然，也可以是我舌尖上

三日不绝的烟火味

那时的年夜饭

就是一次馋涎三尺的牙祭

再穷的灶台，也要炒几片腩腩

再苦的桌面，也得摆几盘鸡鸭鱼肉

爆竹一声，再艰难的旧岁

也总会有一顿快乐，迎接新元

歌乐山下的弦歌
——写在西南政法大学70华诞

以水为景，我可以看见

沙坪坝的版图上，一座煌煌学府

仿佛风尘仆仆的候鸟

迎面而来，让陡峭的阶梯

显得祥和，成为一种天赋的秩序

让起伏的视野

有一种蜕变的美丽

你的身后，郁葱葱的歌乐山

多少先贤，歌乐于此

歌自然造化，乐人间奇观

多少莘莘学子

歌乐于此，歌法治之精神

乐正义之真章

曾几何时，我们从四面八方

汇聚于此。毓秀湖畔

我们听风观云

让少年的豪情，在操场上激扬

春晖园前，我们牵手欢歌

让时代的风帆

飘荡在四时流芳的香樟上

以山为景，我可以看见

歌乐山的春风，拂过校园的晴窗

每一个窗口，都有鸟鸣在回荡

每一重屋檐，都飘着三月的法雨

沐浴其中的鸟群哟

每一个影子，都托着一片绿叶

五彩缤纷的梦想

我们徘徊于校园小径

每一个白天，都有阳光的油彩

涂抹在年轻的脸上

每一个夜晚，都有几缕月光

记忆的空纸盒

在书页上发亮

在这里，我有一栋房子
座北向南，一个博览群书的地方
我打开书本，在字里行间
发现世界的辽阔、精彩和生活的无奈
以一个少年至情至性的爱
去拥抱万物的思想

在这里，我有一个房间
透明而寂静，一个弦歌不辍的地方
我在先生的教诲里
体味真与假，善与恶
自由与伦理，一把智慧的钥匙
打开某种未知的宽广

在这里，我有一棵亲切的老槐
俯身大地。似水年华
从树下走过的，是女生婀娜的背影
行色匆匆。春天来了
槐花开了几朵，又落了几朵
而一群看花人，把秋天的种子
播撒在金色的他乡

西塘遗梦

好一个鱼米之乡，熙攘如闹市
人间烟火，嘹亮如田歌
从古意的目光中走来，几排白墙灰瓦
几许亭台楼阁，被水光山色
反复濯洗，眉清目秀多像一个处子
几只麻雀，沿着旅人的影子
穿桥过巷。小乌篷的桨橹声
吱呀吱呀，落在褪色的栅栏上
把梦中的西塘叫醒

好一条烟雨长廊，足迹无声
千盏灯笼，被一阵晚风
悬挂于寂静的夜色
灯火粉红的勾栏酒肆，一面酒旗
像一个江湖义士，似醉非醉
在风中，晃了又晃

好一片多情的弄堂，烟雨朦胧
古色漫漶的家谱里
花落青石板，雪飞屋檐上
一缕秋风起，麦芽的滋味飘过八方

潋滟夕阳。一只逍遥的乌鸦
把或明或暗的日子
排列成扑朔迷离的八卦

好一个千年水乡，万古流芳
几厢越角人家，一群人安静地走了
另一群又来。捡柴拾火
造饭衍息。简单朴素的生活
被时光安顿得，井井有条

丁香花开了，开满宅院时
一把书生的洋伞，就会再次打过
湿漉漉的雨巷

第五辑

时光的另一种定义

幸福的修辞

白浪与鸟迹，是潮汐退去之后
留给这个世界的
一些最有价值的形态
荒疏、短促，而不自知的汽笛
更像是越散越远的隐喻
黄葛树下的老码头
以怀旧的方式，将某种善意的光芒
稳稳地布在河滩上
一叶孤帆，如裙裾般褪下
美好的女人，都成了秋风的一部分
一想到水上的生活
我就倾斜于秋风洗过的女人
她们深谙其道
天真的日子，无非是劳顿之后
怎样获取一些果蔬
人类无法得到的东西，鸟类也不能
就像白云无边，并不源于
一个幸福的修辞

崇德里谈茶

在这里谈茶，对我是一次偶然
那么一条窄小的里弄
几张木质的桌椅，刻意的楠木或者香樟树
一条流逝的小河，如果今犹在
那么江南的格调，就再也充分不过了
李劼人住过的地方，也许你
也可以驻下来
吃过了夜色，还有万家灯火
不妨这样坐下来
静静地谈茶。让一壶瓜片泡进铁观音
或者让一树老班章，落满飘雪
一些枯卷的叶片，是时光闲置的往事
在茶海里舒展，沉浮
三沸三泡之后，谈天说地
每一句言辞，都平添一种哲学的意味
秋风过巷，那些彻夜长谈的落叶
终于在一张发黄的宣纸上
平息下来

记忆的空纸盒

时光穿透的事物

我的童年，像一瓣陈旧的桃花

消隐于故乡的荒凉

那些旧日子，是久不见面的朋友

今天偶然相遇

我的目光，像亲切的小鸟

在这片土地上逡巡

我不指望，三五亩春风

把少年的烦恼，吹到某一朵桃花上

只想让时光安静些，再安静些

让一些不彻底的事物

恢复往日的自信

就像那一树独立于雨中的桃李

冷艳孑然，却不失生动

被一阵风吹落

凸显的是一种残缺

更是一种绰约，一种姿势

当黄雀飞过时，停留在早晨的

每一声呼叫，

都可以长出，一片新芽

雨中的赶路人

忙碌的日子，总会给自己的内心
引来一些无奈和不安
像身不由己的小船，历经了多少
逆来顺受的命运
早已放弃了，扬帆远行的决心
余晖渐失。有晚风来过
鸟儿越飞越空。
我的缅想中，那些透明的稻田
像先人刻下的五线谱
飘浮不定的音符
是散落在黄昏的村庄
那些村庄的猎人，水中的酒壶
都是为了庆祝，一场秋雨
用细节收获的，植物学上的果实
一条破旧的乡路，在雨中穿行
几步之外，一个孤独的影子
沉默。恍如举起一溪阑珊的灯火
将温暖和祝福
送给一个雨中的赶路人

记 忆 的 空 纸 盒

时光的另一种定义

这样寂静的午后
谁若听见阳光，谁就是一个透明的人
就像春天的鸽子，飞临一片祥和
鸽子的去向，不是芳菲
而是心怀善念之地。千年的古刹
让平原辽阔，让丛林空旷
我梦中的鸽子，从唐朝的屋檐飞来
季节如约。你是草堂看花人
看不见玫瑰的幸福，不是你的错
玫瑰只是一种梦，是没有结局的假设
你不必为几点落花而悲歌
所谓的美好，无非是
与忽高忽低的生活，保持一种错觉
黄昏将至。我像一只闲云野鹤
游离于古寺院落，独自听雨
雨声越寂静，植物与人间的关系
似乎就越发清晰

夜泊涪州

大半个天空，落入江水

一队潦草的闲云，逃进亲切的小城

在我的眼前，候鸟下北山

流光拂美酒

每一座青山，都成了一只孤帆

在流水与风声中

构建一片风水宜人的道场

来来往往的人，为怀念贫困而激动

让一个落日的见证者，醉饮沙场

飞来飞去的鸟儿

穿过高高的树梢，为晚钟叩弦而歌

因一声长笛肺腑而鸣

时光像卵石一样，被遗弃在河滩

有人将万家灯火

逐一送上江中的打屁船

一船谎言，让一个小城瞬间入梦

江边的椅子，空了许久

今夜仍那么空着

码头的渡船，已是最后一班

晚风过处，没有一人肯坐下来

　　　　　　　　记忆的空纸盒

百花的乐章

枝头上的春天，说走就走了

围绕三月的命运

所有的花朵，都以乐章的方式呈现

各自开放的节奏

一会儿是桃红柳绿的G大调协奏曲

一会儿又是落花流水演绎的

D小调奏鸣曲

一个乐章延续到哪里

与你相关的风，就吹向哪里

在叙事与抒情之间，琴弦可断

而季节的风光不断

像一个历史的新客，沉湎于命运的交响

可以在回家的路上

顺手牵走落日，但必须用一生的蓝调

守住一场旷世的风尘

壬寅马日感怀

马日的马，是过尽千帆的风

越过昨天的栅栏

寻找蔚蓝的气候。栅栏是自由的道具
一匹马，带着倔强的河山，
天涯与信仰，在自然之境奋蹄扬鞭
河山是剧场。剧中梅花
特立独行地开，又义无反顾地落
"此中气候讶非常"。一颗孤独的心
从无奈中回过神来
深入河山的内部，倾听流水的声音
流水或急或缓，都与我无妨
我要把一生一世的波折
重新排练一遍。我要回到剧中的时令
与夏花交流仁爱，与秋叶讨论正义
我的信仰是一顷稻田
无须想象的金黄。盎然生机
从马日的气候开始
我的天涯——风声急，雨声更急
我循着雨声望去
模糊的人生，仍有一枚月亮
在水中等待打捞

垂钓时光

那么些白天，那么些桑榆老人
守候在蜿蜒的岷江岸边

　　　　　　　　　　记忆的空纸盒

用半截竹竿，垂钓所剩不多的时光

在他们的眼前，水草蔓延于台阶

绿浪翻飞于鱼嘴

江面上已没有什么，值得关注的东西

——散落的阳光，是最好的钓饵

被夕阳钓起的索桥

在我的黄昏，可以有无穷的想象

一片落叶引寒鸦，一拢夹竹桃

潜伏了多少令人深思的灰鹬

——添一声鸟鸣

整个杨柳河的寂静，就被打破了

那又怎么样？

夜雨了然，有一个秋梦

胜过满舱的鱼跃

虚构而翔的鸟

一个女孩独立于山头

抓一把阳光，脱掉黎明的外衣

让心胸打开，让云水打开

让早燕向群山打开

不必孤寂于树梢。阳光洗过的日子

扑面而来。春光乍泄如私语

你读阳光的姿势，像读坛经一样敞亮

有阳光的开示

或许就有了一点对自然的顿悟

大千世界，何其浩渺

我不敢造次。对人类的经书

也不知其所以然

但对咖啡苦涩的滋味

却了然于心

老城的黄昏

古城的半个天空

仿佛一种精神屋檐，以无限的想象

勾勒了人间有限的轮廓

多少朝代，被路过屋檐的雨水

反复修改，像书页一样脱落

故事的线索和情节

已无法辨认。我的窗外苍山赴远

城市，在一些狭窄的地址上

拥挤不堪。当霞光褪去时

人类的命运，取决于更多的客观事物

仿佛夜色，一点点暗下来

我沦陷于断流的时光

将粮草和江声，随马青城

让鸟鸣、秋花，一只空酒瓶留下来

任凭月光，野鹤一样流浪

风来雨去。顺水放舟

一寸青丝叹白发

我的影子，为一茬旧情

时隐时现。一个人倚栏黄昏的道场

阅读一种市井生活的经卷

有多少恣睢的野花，被疾风卷走

就有多少绿林好汉

被美人吞没

世事静默如草木

八月散漫而慵倦。一抹朝霞

为鸟类准备了，一场秋雨

怎么躲，都逃不出湿漉漉的意象

天府大道的路口，眉来眼去的葵花

是向我，还是向阳？

我并不想知道她的真实用意

我更在乎几只蝴蝶，在其间飞来飞去

优美的姿势，为这个早晨增添了

一种无法省略的意义

上班路过的女孩，让清风拢了一下秀发

对此情此景，似乎也略显迟疑

清风柔软，道路又硬又长

不管是否深入其中，每一个事物背后

都有你难以弄清的真知灼见

秋天可能如此，非其时而有其意

如果再有一场阳光

天地之意，流动于草木

该出场的角色

都会在各自的明媚里，喜形于色

人世过于复杂和感伤

好山好水，被一场花事，搞得走投无路

万物都有恍惚的一刻

还有什么值得悔恨和自责？

我用一种老朽的真诚，提醒自己

接下来的日子

江山逝去了桥梁，流水渡不过浅舟

我的旅程，只需一小撮时光

就足以用来疗伤

五十以后知天命

五十以后，我饱经风霜的沙滩

已筑不起什么像样的高楼

我的铁和盐，像水土一样流失

站在一条断流的河上

我恍然发现，身后浊浪滔滔

记忆的空纸盒

潮起潮落。只剩下我一个局外人

我当然明白，风该来

一定会来。雨要去就让它去

我早已学会，心平气和地对待

命中来访的每一个春秋

我像一株秋草，误入荒芜的歧途

我知道，对过往所谓的幸福

没有多少可以把握

我只想对自己好那么一点点

大概可以用自己的孤独

在内心制造一个小小的世界

在这里，除了阴差阳错

再没有什么称得上重要的事物

我的日子，有爱人及时洗好的衣物

有准时上桌的饭菜

我欣慰，也是一个丰衣足食的人

波澜不惊的每一天

除了故乡的山水和蓝天白云

这个无趣的世界

已没有多少值得牵挂的东西

五十以后，我才发现

一个成熟的手艺人

辛苦大半辈子，也没能画好

一张生活的草图

我干脆躲在西窗一隅

坐看流云，少问一点吵嚷的人生
多饮一些安静的乌龙

一个人的漩涡

据我观察，一个人的漩涡
像水做的苹果，抛洒在树枝和窗子上
雨水的灰烬，无法用陈旧的邮筒
去收集和传递
如果要把少年的雨声
送到暮年的僧庐。须有一只客舟
在窗台与梦之间摆渡
那些雨后的尖叫，刺穿了椭圆的梦境
已没有多少真相，值得信赖
江天何其辽远。在断雁的经验里
雨声是一种怀念
夜雨敲窗，在不同的空间延伸，转折
等待千年之后，在苹果的花园
将生长不一样的苦乐与春秋
而窗子与雨水的关系
是一种应答、自慰，或者带来
更多的不确定性

闲话农桑

阳光是春天的钥匙，请允许我
打开田园之门。在麦苗与菜花之间
必有一场水稻扬花
滔滔不绝地诉说，阳光和雨水的温馨
——深入季节的门槛
乡亲们用蔚蓝喂养天空
用绿色喂养草木。一双勤劳的脚印
披荆斩棘，在旷野的经纬上
寻找乡村生活的秘密
六月的麦地，像一枚小小的徽章
别在梨子坪的胸襟
星罗棋布的版图，经一场悉心的夜雨
大师一样涂抹，就流光溢彩了
我的梨子坪，瘦是瘦点
撒一把鸟鸣，也能长出一缕炊烟
苞谷林捧起的秋天，有些潦草
总体上，近乎从容与辽阔
季节周而复始，不妨让该开的花就开
该发的芽就发
如花的美好，说谢就谢了
谁还会期待，那些种类繁多的未来

如果风调雨顺，我的秋天
定会瓜果飘香。是否五谷丰登
取决于庄稼的立场

小酒馆

我的小酒馆是什么？
水在瓶中，依然有冷峻的性格
因了时间的醉意
获取一壶清浅，纵情酒色
一个酒鬼，可以越过人间的悲凉
独坐小酒馆，让多余的激情
在鲜活的液体中疏狂
犹如风流浪子，沦陷于灯红酒绿的青楼
又被月光之手，果断地捞出来
为什么要混迹于，这红浪滔滔的世界
酒酣耳热之时，整条柳巷
都是玩世不恭的戏子

桂花巷

一条兵丁胡同
被桂花的香气，沁了几百年

记忆的空纸盒

于是就有了，丹桂胡同的称谓

不足千米的小巷子

搭配一些小吃店、小茶房

小商铺和秋天的底色

就有了，小市井的优雅

与小日子的闲适。清晨的小雨

叫醒了一位正蓝旗的兵丁

发现一排桂花树，倒在阳光下呻吟

桂花巷没了桂花

打千儿的旗人，在庭院叹息

一些街巷也在叹息，比如槐树街

梨花街和泡桐树街

赞白衣天使

这场疫情，像一个不可言说的幽灵

来得真不是时候

万家欢乐，被一只妖孽之手打碎

一种莫名的疫疠，像寒风一样

穿过一个又一个城市的窗口

挂在窗口的一串串"美丽的葡萄

被无情地榨干，碾碎"

每一个窗口，都是深不可测的旋涡

无数的小船，在风中摇晃

谁能为他们鼓起风帆？只有你

——白衣天使，像如约而至的春风

为他们鼓起生命之帆

我在城市的漫游里，看见了窗口的白云

她春光一样闪现，那么饱满而轻盈

像我的亲人，白色的身体

处于孤独的最深处。我看不清她的妩媚

但雪花一样圣洁的形色

闪烁着风中的美好。我爱慕这样的白色

白色是一种境界。一个城市的轮廓

被一种白色的风景描绘

这是新年辞别旧年，这是寒冷感受温暖

这是一种爱，在呼唤另一种爱

——多少困于屋檐的事物

被时光反复默念

在这样一个时候，这样一些地方

白色的风景，正在涌现

我必须为她们赞美，必须为她们歌唱

我亲爱的姑娘，请不要悲伤

春天即将来临。我愿意用一种祈祷

为你制造一场阳光

——气温向上，烈焰般的向日葵

就是你不竭的力量

在风中生长

在一座旧宅的庭院，主人把春天
挂在树枝上。一朵春风
笑得有些羞涩。而门外的田野
油菜花的芬芳，如此地轻
轻过樱桃的落红和蔷薇的羽毛
隔着木质的栅栏
我看见了，那些流动的浅绿
自由地起伏，在炊烟和河流之间
灰麻雀一样的旧宅
几缕钟声飘过，缥缈无边的时光
见证了我的春倦
如果你忽略那些夜雨、草木和鸟鸣
这春日的庭院，显得格外安静
似乎可以听见
几许春天，在风中拔节的声响

北极阁胡同

北极阁的佛性，不足以接续大小庙堂
往昔的香火。明朝的小雨

也滋养不了，那些满目风霜的草木

几棵残存的古槐

守护着郡王府的虚空

或许可以让一曲话剧，述说旧时权贵

那些惊心动魄的影子

当我向一位老人，打听这些屋檐的命运时

沉浸于一种小幸福，一缕烟圈

升上了树梢。枝头上的喜鹊

以质疑的语气，问候一个来历不明的旅人

我无心搭理，这些皇城根儿下

所剩无几的矫情

却对一扇狭小的朱门，产生了好奇

小是小点，可总得有那么一对

缩小版的石狮子

来显示一下可怜的尊严

胡同口外，一曲时代的交响

波澜壮阔。而巷子内

一只乌鸦的叫声，寒蝉凄切

端午即景

人来人往。从那些匆忙的表情中

我看见一对老人

手里握着一把艾草和菖蒲

256　　　　　　　　　　　　　记 忆 的 空 纸 盒

青丝绿叶，色泽鲜亮

仿佛看见一份好心情，挂在门楣

还记得小时候

第一次看见这种野草

长在田边地角

在风中热情而略带羞涩地摇晃

却无人问津。不知何时

竟然成了一个节日的信物

这意味着什么？不管是祛病

还是驱邪，都是一种无解的命题

我不知道，一种水生植物

从乡下来到城市

这种湿漉漉的习俗，还能延续多久

想到这里，一片铜钱般的叶子

落在我的头上，不偏不倚

伏龙观掠影

伏龙观的影子，被暮晚的夕照

斜斜地剪裁出来

装满袖口的红尘，一路抖落

一些滔滔不绝的日子

删繁就简，只剩下楼阁、空气和水

如果再省略一点儿

就只有一种孤单的底色，定格在

一条河的唇边上

黄昏时刻，落日像一匹老马

走下山冈，走进了那一树树古木

隐藏的深潭。一桥锁伏龙

多么逍遥自在。仿佛类似的光芒

照在与它平行的影子上

那个孤单的影子

停留在这个夜晚，与苍松站在一起

就有了黑白版画的格调

春风如何造次？倾斜在屋檐下的影子

走着走着，窗格上的枯藤

就长出了新绿。

如果是秋后的清晨，你一定会发现

落在树枝上的影子

是一只寒鸦，以悲伤的歌吟

将英雄的剑气，洒向十万里河山

而这仅仅是，一个人的影子

对自己苦劳的命运，做一次平常的对视

当阳光徐徐铺陈，这个城市的版图

一缕秋风打开了一扇窗户

喜雨楼上的椅子，为我提供了

一片秋日的宁静

梨子坪的晴朗

我愿意，将故乡梨子坪
想象成一亩瓜田，搭在瓜架上的天
蓝得没有可以支撑的结构
这样一个秋天
谁从天下走过，都有瓜果飘香的收获
雨水顺着瓜藤流下来
瓜藤上就有了一条清新的小河
瓜儿肥啊。鸟儿躲进南瓜里
成就了瓜熟蒂落的构想
现实的黄与梦想的甜，成就了
——阳光生长万物的逻辑
故乡无所不有，有了合作社
芝麻就开了花
幸福的柿树挂果之后，梨子坪的金桥
又延伸出了一片灿烂
那是秋天的向阳花，开成了
故乡晴朗的一部分

西街的老板娘

岁月像豆腐，被时光切割成

一派水岸的食铺

鳞次栉比，方方正正

而阳光，仿佛风韵犹存的老板娘

斜倚在柜台的一侧

含情脉脉地招呼

那些从酒馆门前走过的南腔北调

闻香识女人——

不同的香味有不一样的风情

毫无疑问，每一种风情都是一碗迷魂汤

可以诱惑那些东张西望的目光

那些沉重如铅的脚步

停下来，汇聚在一排老槐树下

无须等待，且去林下畅饮

每一个档口，都有落叶预订的椅子

很快，喧嚣远去了

江面上的鱼儿，在白花花地翻动

水声哗啦啦，像老板娘私底下

在盘算一天的银币

南桥夜啤酒

总是念念不忘，那一晚月朗星稀

在岷江上，成群的鹭鸟

刚刚结束一场勾栏的表演

又马不停蹄，聚集在瓦舍的槐树上

展开一轮热烈的讨论

有了这些简约的铺垫，岷江岸边

就可以任性地摆布

一个以酒类为主题的排场

那些不可抗拒的餐饮店铺，顿时获得了

灯红酒绿的激动与快乐

啤酒是幻想，是故人

是一个流浪歌手的诱饵

可以安抚一群躁动不安的野心

多么熟悉的声音

不是"酒干倘卖无"，而是这样的夜晚

总是让人回忆——

一条陌生的巷子

一个挚爱的人，像桂花的香气

在夜色中反复释放

夏日山居图

荆棘与藤蔓，架起一片蔚蓝

很久以前，天空是你讲不完的童话

回到我的现实，寂静

是一种烟火的尺寸，而热闹

是阳光走向山居的坡度

动与静，构成了山居深处简朴的逻辑

萧然的山居，光阴陈旧

粮食、果蔬，瓦砾间的草木

仰望着一棵白杨树，在风中各自安好

因为有家犬的庇护，溪流婉转

苔藓嫩绿。湿漉漉的鸟鸣

长满圆滑而天真的瓦檐

躲在墙角的土狗，以倾斜的目光

警惕每一个路过的人

等不来一丝凉风，也懒得叫一声

一个人的旅途

向北翻过钟梁子，有一条大河

在蔚蓝的床单里

江水飘逝。挥一挥水袖就过了家乡

柳絮清纯，适合鸟儿安家落户

为什么归来？

——只为疏理美好的荒芜

六岁半的书生，在弥勒小学的山路

反复行走。将一个少年的快乐

挥霍在苦难的山冈

翻过山去，我就进了涪陵城

中学生活里，没有蕨草、桑麻

也没有烟火人家和走村串户的亲人

只有尘土飞扬的马路

向时间的深处延伸

在日出与日落之间，远望北山的风雨

那个钩深致远的伊川先生

对雪中的站姿，有一种深情的判断

在那里，让一幅北宋的山水

获得了后现代的共时性

翻山越岭之后

西去的列车，最终去了一座古城

一所大学在狮子山疯长

在这里，一个语言的无知者

对文字的追问，始终有一种不确定性

读到里尔克时，欣然抬头

接着读博尔赫斯，我陡然发现

在锋利与寂静之间，万物在渐次退场

一个少年的日子，随风飘落

成了一地桃花。每一个游子的脚下

都有一条路，也许不是路

是看不见的怀念

在成都与重庆之间，无数次往返

爱过的人，错过的事

在各自的命运里，相映成趣

我想问的是，一个游子的故乡

究竟在东，还是在西？

既然是英雄末路，那就无问东西

少东家的行迹，居无定所

走到哪里，都可以隐庐为家

花开时节

是谁制造了花季

欢快的闪烁之后，必有琳琅的雨水

一种盎然，所蕴含的物候

有自然预设的时序

几许日子，像季节的桃李

悄无声息，盛开在莺飞草长的原野

我在仲春的现场，构想一个春天的主题

一棵树、一溪水，晴耕雨织

阳光播下的种子，仿佛一个少年的呼唤

　　　　　记 忆 的 空 纸 盒

让复杂而清新的旷野

潜滋暗长生命的复数。桃花灼灼哦

具体而生动。有一朵小小的立意

天涯再远，都有芳草散落的讯息

不需要刻意安排

——惊蛰之日，你便可以选择

让一个闭门不出的老人

走进春天的花事

下　棋

溪水仅一条，而流走的有少妇

孩子和不知多少街巷

落叶几片，落在溪口几块石头上

两只老卒子，拱进棋局

把一盘棋下了半天。秋风布下的棋局

从早下到晚，似乎总是下不完

秋风下的不是棋，是流动的光阴

看棋的比下棋的多

围观者着急，急的不是谁的输赢

而是当头一炮。是马儿跳

还是战车行，总在犹豫

举棋不定的人，最终都难逃

一个炮灰的命运

湖水，或禅意

在微风轻拂的山冈，我俯视

那一片起伏的田野

村庄翠绿，丛林安详

每一棵松柏，都有自己醒悟的方式

在湖边，看荷花初放

蜻蜓摇晃于荷枝

一簇三角梅，在半山独自红火

临近中午，云雀在蓝天诵经

鱼类在池塘祷告

柳绿稻黄。多少烟火气

抚慰凡人心

一缕骄阳，把一群人

带进一方充满禅意的水土

即便所有的山径，都执迷不悟

有一场秋雨，也会云开雾霁

无须佛寺和禅院，只要心中有菩提

万物皆可超度

陆家嘴之夜

长街浩荡。漫无边际的楼宇

是精算师们，一笔笔计算出来的

这些外圆内方的空间

除了僵硬的数据、表格和显示屏上

反复滚动的符号

看不到一点人间烟火

所有财富构造的档口，都显得那么冷落

几乎看不到一只麻雀

一个不懂基础数学的陌生人

走进这样的夜晚

走遍横七竖八的巷间，也找不到

一家温饱的小店

我像一件无人问津的期货

手中的头寸，越来越短

世纪大道的表情，像一个节目主持人

把这个城市的冷暖

演绎成跌宕起伏的连续剧

比如一对情侣，偎依在路边的长椅上

以亲热的方式，获取爱的温度

金桥扶起的黄浦江，一些梦幻的水花

将落不落，漂泊于人心不古的码头

灯光炫迈，并不代表天气晴好
寒风从东向西吹来，我揽风而行
辗转于一种辽阔的凄美
又一次体验了，什么叫财聚人散
而散去的，都是不由自主的

老茶铺

光与影交会于人民的桥头
尘世的青砖灰瓦，重叠而倾斜
依然掩不住，三两进茶铺
飘出民国的烟火味
铁匠铺的叮当声，潦草而嘈杂
阳光的倒影里
不仅住进了标语、草鞋和八仙桌
还有现实主义的千脚泥
多少旧事物，被岁月抽空
散落于彭家场的深处

光与影交会于取景框
白发、青衫，挽起一把油纸扇
从一片干净的雪地
飞起一只仙鹤。一个老人划水的经验
丰富于时光的窗棂

经历了更多的未知，就可以省略
街巷、村庄，让一段金钱板
在原始的斗笠下脆响

光与影定格于历史的岔路口
南来北往的茶客
被一条老街，挤进狭窄的马市坝
——不为偷生
只为一只茶壶，两盏茶碗的日子
在杨柳河上起伏

廊桥的夜晚

晚风从望江楼吹来
江水婀娜而平静。自由的廊桥上
落日的沙沙之声
突然打破了，一只酒桶的沉默
顺江路的小酒馆
每一扇窗户，顿时有了
南腔北调的吆喝。夜生活就是这样
所有的细节都不容忽视
九眼桥像一位书生
取二两春色，就可以找到
具有汉唐风味的，言辞和气象

河岸人头攒动。灯火被荒诞和嘈杂

反复撩拨，越发鲜亮多姿

整个夜晚，我端坐桥头的酒吧

期待他乡遇故知

有风吹着，有鸟儿叫着

几多春水，几多修竹

几多惆怅挂窗前，构成远古的画谱

明月向西，流水向东

锦江的下弦月，恰如一个诗人

从长安出发，饮马廊桥

试酒种鹤一寸灰

锦江从此不流舟，而夜色

却总能生成几缕酒香

静下来了

所有的街巷，除了风声

一切繁华都静下来了。人间剧场静下来了

演员都被同样的道具，三缄其口

一群蒙面人的演出，显得多么滑稽可笑

隔着几层面纱，闭月羞花的美好

谁也看不清。我的爱

该以何种方式表达？拥你入怀

或者甜言蜜语，都面临一种生死考验

就连抛一个媚眼儿，也得提防飞沫传染
爱情静下来了。喧嚣静下来了
茶坊、歌厅、电影院
一切娱乐活动，都静下来了
AI、区块链，浮躁的云彩都静下来了
最令人欣慰的是，漫无边际的例会
也静下来了。除了流水
南方的道路、乔木和山冈都静下来了
家门口的皂角树，掉光了叶子
昨日吵闹的麻雀，躲在自己的陋巢里
静观一场人间悲剧的发生
我在安静的阳光下，坐下来
沉思默想。静以修身
有什么不好？

过安澜索桥

让我们一起走过。一座桥
就是一个人的好梦。而此刻的安澜索桥
摇晃着秋天的弧线
仿佛一些古城秘而不宣的心事
在阳光下荡漾、流逝，
变幻莫测。在这个摇晃的季节
每一片秋色，都有触动内心的亲切

在我的眼里，芦苇入水

鸟鸣上树。桥下的浪花，简洁明了

每一朵，都显得如此地优雅

流水之上，脚步慌乱如落叶纷飞

谁都无暇顾及，瞬息之间

多少烦恼与困惑，已随之抖落

过桥就是这样，安渡于狂澜

一些轻快的节奏，从此岸流向彼岸

仿佛整个秋天，都在微微颤动

新年来了

我的新年来了。让我回家

无须什么理由，也不拘于形式

有孤独做伴就行

有一枝阳光更好，可以让天空响亮

流水隐忍。当山水扑面而来

故乡清爽极了，除了安静的白云

只有小学校的钟声

只有风吹草动，小羊跑过山冈

再有一只燕子，

从屋檐下飞走，我的魂儿哦

就会丢失在天边

又回故乡。无须什么礼物

一个亲切的眼神，就可以嘘寒问暖

一句无聊的玩笑，

就可以照亮，童年的老房子

无须高堂平野，在一片废墟下

有一盏清茶，月照花林

我们就可以守住，一年最好的时光

如果有点空闲，就走亲串戚

无须山珍海味

一路上的鸟鸣，野花和新鲜的青苗味

足以让人饱食终日，无所用心

七曲山大庙

大庙的殿堂，有时是鸟鸣

是落叶翻飞。

有时是书声，桂花落满地……

在读书人的眼里

文昌宫，是一片关乎功名的圣土

那些湮没的历史线索

条分缕析，在广大的时空

获取恒久的伦理之源

这是一种隐喻

一切都为了获得帝王的指认

比如一棵精通神性的古柏
仿佛文昌星的化身
开枝散叶，让一个孜孜以求的人
梦想成真。这是自然的草木
对道法的信仰
是一种更为广阔的象征

我们走进你的房间，只为了关心
一个种花的人
如何将一些深刻的文字
书卷的香气，种进曼妙的时光
我们置身其中
一些沧桑的梅花，纷纷扬扬
飘落在生活的路口

鉴往知来。那些僧侣、迁客
孤独的朝圣者
从这里出发，总会寻找到一条
属于自己的往生之地
有多少苦难，就有多少
观音一样的花径

　　　　　记 忆 的 空 纸 盒

青城桥的早晨

这样的早晨，穿过两棵棕榈树

三棵小叶榕

你将会看见什么？

一座桥彻夜孤独。不知蓄积了多少

不同寻常的念头

或许有一条火热的道路，即将展开

在这样的早晨

那些玻璃上生长的银杏

拥抱在一起，成为时光的雕塑

对这些孤独的沉思者

寂静是一种意义，喧嚣是另一种

随着一声鸟鸣

大地上的声音多起来

比如河水哗哗，落叶沙沙

是蓝天上的云朵，相互感染的结果

是风啸啸之后，我听见的

桥下最清晰的声音

多么平凡的秩序

我仿佛回到了童年的世界

陪一朵向日葵，走出自己的影子

辨认人间的复杂与纯真

向阳光学习

怎样辨别流水的方向

野马，鸟巢或数字经济

丛林无序，野马风尘仆仆

穿梭于历史的秀发

鹚鸟之梦莫不如此

——将所有的马群，骑回自己的鸟巢

试图孵化成数字经济

梦中的鸟儿，早已习惯于传统的事物

这些陌生的符号，是世界的另一半

让人有陷落天窗的幻觉

从梦中醒来，记忆平添烦恼

仿佛秋天的童话

咸集于克莱德曼的手指——如此的迷人

我不愿独自面对，一场秋雨的凄凉

索性让秋天蹲下来

守住屋檐下，一瓣晴朗的鸟鸣

普照寺的黄昏

普照寺的黄昏，落日融融

仿佛一件袈裟

披在棕色寺院的身上，色空相应

似曾相识的物象，与繁叶，

落花和鸟语组合在一起

成就了一曲，多声部的佛乐

每一种声音，都可以让人明心见性

且听风吟处，满是红黄归凡尘

那些起伏的细节

多么诡谲，又是多么斑斓

在这里，迷途者

迷失于一草一木，无须寻找

迷途也是归途

当你从梦幻泡影中走出

像是走进竹林精舍

禅堂的每一把椅子，都手捧经书

没日没夜地读

不知何时，才能自证菩提

而门前的两只石狮子

早已皓首穷经

六月的平原

日子静如落花。六月的平原

草木一见阳光，就有些情不自禁

山水的色彩，哒哒而来

在小雨中，显得如此磅礴

谈论这些时，一定是风行水上

蝶入花园。一种潮湿而善意的秩序

正在降临。重新到来的

是恋人的书信，是陌生的旧房子

是早晨的天空，有多情的风声

一些事物正在苏醒

每一条街巷，都有自己的温度

我爱上这安静的小区

也许果真有，温暖的茶铺和花瓣

令人欣慰。平凡的生活

从窗口延伸出来，有无边无垠的风景

有说不清的苦闷和迷茫

漂浮不定，是一种独特的性格

不属于蔚蓝，不属于萧瑟

只属于列队的苍鹭

属于一条鱼，沉默的悲伤

这是一个分离的日子

春天绝尘而去

献给那些深情的草木

夏天不期而至。而我的平原

早已伤痕累累

除了战栗、愧疚，鸽子般的呻吟

已没有青春的思想和激情

——堪比前朝隐士

廊桥茶馆

多么古老的草木。我在岷江边上
喝一口茶，就想起你——
只好将一江春水，浇灌在古老的城墙上
阳光来来往往。
这一天，春风送来了樱花与鸟鸣
连同草木也送到了我的桌面
远望宝瓶口的楼阁下，江水无声
喝一口茶，就想起你——
天空湛蓝。有人别了雪山牵来白马
有人辞过舟楫，走向西山
我不知道身在何处——
此时此地，岷江一如既往奔流不息
而我却将两岸青山，留在一只杯子里
风吹草木，跌宕起伏
我突然开始思考，一条河流的主题
如何将一大片平原，分配给不同的村庄
你种你的工业楼宇，我却种上了
我的农业果实

关于生命，或启蒙之意

这样的事件，为什么发生？
传统的正月不知道，我也不知道
说起时间、地点和人物
悲哀已无法计算
让我想到了辛波斯卡的"有些人"
不幸才刚刚开始
快乐就已经结束。在节日的彼岸
所有的桥下，流水的逻辑
已经荡然无存
辽阔的江河，谁也无法跨越
我试着以自己的方式
去想象某种偶然与必然的联系
我唤醒十多年前的记忆
仿佛时间的树枝上
死亡已久的病毒，突然复活在人间
让有些人，进了不该进的门
过着不该过的日子
你可以逃离一个城市，一些人
可逃不了空气、阳光和水
我无意妄言，他们未知的命运
有多少人，在经历恐慌

记 忆 的 空 纸 盒

侥幸、不幸，或长或短的观察

去了哪里，做了什么

其实不重要。重要的是

你的脚印、指纹和潮湿的目光

都可能成为制造麻烦的介质

这个时候，总会有一些人

走出去。以一种蓝色的信念

寻找事件的真相。在惯常思维之外

去解答无解的命题

总会有一些人，走进生活的丛林

去拯救，那些风中飘零的落叶

做他们该做的事

关于生命，或轻或重

他们总能承受

说过年

而今的年夜饭，说起来很闹热

其实早已成了一种形式

生鲜熟酒，都没了旧时的滋味

新年新得具体

而年味却淡得有些抽象

在我的眼里，祝福的钟声还不如

一声花炮来得宁静

所有的欢愉，多了一些咖啡色的风尘
只有几串灯笼，是北风特邀的
为了在桂树与洋槐之间
铺排出一种现代性
那些红色的胡须，飘向街巷的深处
成为过年的理性表达方式
有些时候，过年是一种缓慢的节奏
无法与仓促的行色保持一致
当拜年的模样远去时
已记不得桃符
——倾斜在谁家的门扉

种养光阴

从乱花设计的迷局中，走失的人
都有一颗简单的心
就像一只酸涩的旧鸟，抓不住
春天湿漉漉的形式
只好听天由命。让春风关住旧园子
把蝴蝶一样的梦，再做一遍
在红雨出墙时，让一缕阳光照进来
温暖这锈迹斑斑的书房
人间淡泊太久。有关春天的日子
已无多少，值得耗费的余欢

　　　　　　　　　记 忆 的 空 纸 盒

也将岭上的杜鹃

化作几瓣闲愁，在潮水中漂泊

无论是谁，经过你的栖息地

都是一场把酒言欢的相遇

我愿意让整个春天

陪伴你，去种养十万亩光阴和新鸟

或另辟蹊径，看门外落花

疾风正劲，我该以怎样的绿舟？

送你踏上归途

南桥的假日

走马河的秋日，左岸是车流

右岸是人流。水上漂流的日子

阳光飞翔，秋风流连

仿佛白花花的等待，在静悄悄地展开

桥头的三角梅是色彩

也是一种艳遇

是南桥记忆中的，另一种存在

每一条河流，都有一些轶事

都有略显抽象的属性

比如李冰筑堰，可以改变一种流向

却改变不了，一个旅者的心情

就像岸边的高楼

可以高过梧桐、香樟树

但怎么也高不过，青天上一朵流云

南桥的假日，烟火明媚

烟火让南街，不再寂寞如故

雨过桂花落。桌上的茶杯

静守一个人的流水，而广场的剧情

曲终人不散

这一年

这一年，过得真不容易

整个春天，都打不开一扇阳光的窗户

满树杂花，在流言中纷飞

桃红柳绿近乎于悲伤

在春风里，练习孤独、焦虑与退让

这一年，过得真不容易

整个夏天的日子，都小心翼翼

每一个院子，门扉和栅栏，都足不出户

所有的灯红酒绿，都闭门谢客

这一年，过得真不容易

整个秋天，草木萧瑟

苍凉似水的人间，每一次旅程

都关乎生死；每一场秋雨

都成了一次凋落

　　　　　　　记忆的空纸盒

这一年，过得真不容易

整个冬天，山河清冷，雀鸟静默

多少未知的劫难

在时序里反复；多少匆忙的脚步

在沧桑中踟蹰

这一年，过得真不容易

我的樱花树下，除了落叶的空白

每一寸光阴，都遍体鳞伤

庚子过去了，辛丑又来

春风翻开的日头，每一片都有期许

都是万物生长的理由

在南方的一个雨天

秋风过楼台，细雨依稀入梦

又是一年秋凉时

梅花依旧开。花意零落随马去

女人推开房门

带着孩子走过一片玉米地

雨水扬扬，在脸上想象

寂寞深深似人海

青山如期等你来，却误了韶华匆匆

如果一把野花

可以宣告一个秋天。又可否

为寂寥的草色

燃起一片火焰。雨水无雨不要紧

一些阳光，悄然而至

带给我的，总有一些好消息

在灿烂的窗台下

我聆听一排杨柳颂秋风

空山着意一抹蓝。半亩红黄之心

几池雨丝潦草

最可惜一片江山，赤橙黄绿紫

少了看花人

看五月的江天

我不知道，或难以确定

什么时候，一束艾草可以成为

一个节日的信仰

芳兰独秀，倾诉的是形式，还是内容？

栖身于花朵，只有凝神静气

才能听见，一个诗人的《天问》与叹息

凛冽铺在脚下，孤独落满纸灰

你用《九章》的笔法

写蓝天之下，挣扎的优雅

你以《离骚》的宏论，记录人间

浩荡的歌哭

记忆的空纸盒

一颗悲愤的诗心，抱水于怀

让滔滔江水，流成了泪河

一串湿漉漉的诗章，挂在橘子树上

每一个枝头，都能长出

经世济民的果实

江山社稷，内涵如此的深奥

岂是一介书生能弄通

大地苍茫，已看不到一件完美之物

你打碎的镜子

蒙尘如霜，谁也难以修复

看五月江天，龙舟激荡，浪花低吟

百转千回的呼唤，始终无法打捞

沉舟、往事和神秘的秩序

一个诗人的上下求索

每一个踪迹，都是生生不息的启示

面对一江潮水，湛蓝或浑黄

都不过是一粒流沙。只有看不见的手指

才能检验，沧浪之水

如何濯我足缨，清澈几许？

第六辑

每一片秋叶都是倒叙

鹅蛋黄的秋意

秋雨寂静。季节形单影只。

去年的桂花，要回到山冈的深处

如果有一只水鸟

为我整理好衣衫，就干脆将头上的雨水

抖落在，一片干渴的稻田

或许还能让一条皖鱼，劫后余生

那些扒光了叶子的柿子树

无论秋雨怎样诠释

几枚零星的果实与红色的忧伤

对于路过的人，已没有多少教育意义

忘记树下的池塘吧

那一个猛子，扎进去的鸳鸯

如今已经模糊不清

有水鸟的叫声，从荷花的残枝上

倏然升起，或许就有一段童年的往事

涌进我饥寒的菜篮子

一阵秋风吹过来

我徘徊于鹅蛋黄一样的秋意

若有所思

秋天看鹤

节制之美，徘徊起伏于老树
悠扬的旋律不绝于耳
我在一条河上，用一段旧时光
将自己与城市分开
我的白天，船行于河流的彼岸
我让人民，看见我的另一面
干净的船梢，有三角梅点燃一圈日头
——更红更深
我的夜晚，有人在数豆子
数旧的流星，是令人怀念的梅花
总有一朵流进爱人的窗户
梅妻鹤子。我喜欢恬淡而平静的日子
我让自己卑微的鹤子
在你的指尖上梦游。而另一只野鹤
绕过我的船尾，正扑向夜色
最隐秘的部位

每一片秋叶都是倒叙

逆风而行，不妨虚构一些幸福

比如一个人看落日

听犬吠于深巷。让深秋的影子

折叠在窗前。多少雨夜

包含青春的汁液。赋予修行的少年

蝴蝶一样的勇气

谁是你的秋天，已无关紧要

风吹鬓白。你的前方

鸟儿正回归来路

一个人放弃挣扎，像一棵皂角树

站立在蓝天下，过着另一种

不为人知的生活

我的现实，落叶纷飞

每一片秋叶，都是一次倒叙

翔实而具体。枫叶红了

好似要表达，一场清风明月

橙黄的仪式

再早一点吧。阳光退去之前

请收拢风筝、合上窗户外的黄昏

让秋天的妖娆与寂寥

也回到从前的花园，回到爱人的身边

把一册轻薄的余晖，放回书架

你忍不住舔了一下

残留在手上的，那一点光滑的书香
鸟儿马上就要飞走了
青灰色的翅膀，开始在枝头上扑腾
尽管秋天并不那么优雅
但足以让青春，回到记忆与鸟鸣
故乡已然模糊
——还有什么不能改变？
你的面前，每一个流畅的下午
都有蜂飞蝶舞的幻象
犹如成群结队的战船，惊鸿一样渡过
秋风猎猎的水岸
——此刻潮水舒缓，倦鸟偶啼
每一句俚语，都表达一种朴实与真诚
你执着于花园的枫树
与几个陌生的过客，将橙黄的仪式
搞得风生水起

叶落希声

我的窗户整天关注的，也是我关注的
那一排银杏树，过往的金黄
被寒风的鞭子，反复抽打
已失去了，往日的血性与勇气
鞭子每扬起一次

颤抖的黄叶，就飘落一次

叶落希声。黄叶是冬天的语言

漫无边际地叙说

尘世的荒凉。落木形枯容瘦

——关乎消逝，鸟宿和一条小径

萧瑟的隐喻

在这个喃喃远去的季节，鸟儿们

格外宁静。对这些不辞而别的事物

始终保持沉默

我苟且于某种无言的结局

对寒冷的枝头

不再寄予，热烈而拥挤的期望

我不知道，一棵老树，风烛残年

在此刻的感受

但人间的悲戚莫过于此

深秋的白茶花

在这里，深秋的白茶花

斜依在树荫下，展开一个无奈的姿势

茶花开过秋窗

也就开过了，所谓的人间

无风的时候，它们在等待

溪水回流的日子

阳光透过树梢，我分明看见

一个成熟的风姿，落在秋天的眉头

干净而透明，令人着迷

这世界，需要一种白里透红的想象

淡的言辞，表达了浓的全部

除此之外，别无他求

凋零是秋风安排的一种形式

或许水中起伏

才是一种真正的自由

芙蓉秋梦

芙蓉秋梦，陈列于我的旧书房

整齐划一。模糊的记忆

留在发黄的纸页上

阳光，从窗户上升起来

尘土飞扬。像一个废旧的造纸厂

在梦中幸福地讲述

一些孤单的日子，从纸背倾泻而出

我不能去做一个麻木的听众

谎言滋养的图谱

无法揭开历史的真相

我从树荫下走过，一事无成的车间

正在搬运生锈的时光

打坐于墙上的格言，一些思想体系

终于被人剥离和删除

无数怅然若失的心，随我一起

斗转星移。如今已被秋风

吹成一扇旧窗。一个人迟钝于时代

只想让走投无路的人

成为自己的顾客，急于向他们兜售

这些残破的纸张

若问书生意气——半亩方塘

不及江河洋洋

屋檐下的往事

那些瓦片扣住的往事，有的渺小

像草籽一般，在春天

因开花而欣喜

又因秋天的枯萎而悲伤

有的宏大，像天空的流云

晴天来了，就敞开一片广袤的原野

而雨天，掉落如秋叶

在默然中缓缓滑行。在渺小与宏大之间

有一种绝对的默契

让屋檐下的过客，义无反顾地往来

有时候，说不清的缘由

部分情节隐瞒不住

泄露出来，就是一段瓜熟蒂落的日子

你怎么看，都是一种

明亮而宽广的安慰。有风雨

就总会有一些瓦片

改变既然的颜色与朝向

我的亲人每拣选一次，瓦片上的麻雀

它们的信仰，就啼鸣一次

秋天的判断

在梨子坪，一个人深居简出

困住我的不是枯井

丘陵和原野，而是举头望不断的辽阔

封闭久了，也想在自己的麦田

找到打开天空的鹰嘴锄

接近于一个缺口，就可以听见雨水

透过屋檐、玻璃和绵绵的甜

如果有鸟儿飞过

熟稔的稻花香，一样使人沉醉

童年的小陷阱，像午后的阳光般真诚

自然之物如此可敬

——这一切都源于秋天的判断

太阳东升西落

记忆的空纸盒

火车从山后开走，无须留下些什么
最好的想象，还是倾向于
天空之外的蔚蓝

丰收的证词

阳光行吟于水上，秋雨亦反亦复
——多么辽阔的季节
适合邀几个朋友，去千里之外
看秋天如何让一垄稼穑
成熟于丛林之上。乍看秋天的版图
岷江浩渺，像一个阳光少年
从春花流向秋月
流经远山时，将无边的秋色
巧妙地平分
我们沿一条鸟路，走进梦中的南山
走进深秋褐黄的一部分
我想看看东篱下的野菊花
看一阵清风，把乡亲们种植的山水
重新梳理一遍
不需要时光提醒，这样疏淡的下午
除了金色的气味
还有朱辉散落，物事自然而妥帖
在温文尔雅的平原上

有几户农家，围绕节日的意义

试图从一口枯井的年事中

寻找丰收的证词

帽儿胡同

帽儿胡同，与其说有帽子作坊

不如说，翘檐挑起屋顶，像挑起一朵

北风吹来的草帽，萧瑟和荒芜

理应成为一种常态

那些无人打理的勾栏瓦肆

对现实的戏剧性，必有一些困惑

每一个寂静的院落

都挤满久远的絮语，漫不经心的旧时光

看不到一勺甜蜜的美学

就一只鸟，一扇窗而言，土著民的体验

比一个旅人有更多的漠然和无奈

习惯于闲坐门庭，

一把隔世的椅子，对这样的胡同

早已熟视无睹

而从王府走出的美人，沉迷于多情的灯火

仍有那么一点新鲜感

如果实在是寂寥，不妨请一株古柏

来到四合院的心中

记 忆 的 空 纸 盒

这样的深秋，胡同天高云淡

秋天的红纱巾

秋雨嘶鸣，如一匹瘦马

越过山冈。身后的风声与鸟鸣

乍听，是秋天的红纱巾

在风中稀疏。而眼前的水声

却越来越清晰。一只鹧鸪撩起浪花

溅湿奔腾不息的两岸

在生活的拐弯处

等待一阵风，搜索新鲜的言辞

比如落叶上的土豆牛

比柳枝上的红围巾，还纯马小雪

陶醉于秋风的废纸片

是个狼人风格，每一种通俗的表达

都带着十月的静谧和安详

阳光击碎浪花，一片金色的声响

我想知道，与秋天的物候

有多少关系？

秋日看海

难得秋日看海。只有心怀孤帆

才能认识岛上的打鱼人

——是谁，把一张无边的镜子

铺设在崇山峻岭之间

你所看见的世界，失去了亘古的神秘

如此宏大的叙事

让多少灯塔、寺宇和岬角的呼啸

沦陷于一种淡蓝色的镜像

如我所愿，在秋天

大海竟然有了不一样的情怀

岛上的影子一挥手

一道雪白的光，就划破了长空的寂静

美好的一天即将过去

一群打鱼人，该怎样颠沛流离？

怎样波涛汹涌？

才能让一只漂浮多年的帆船

重返上帝指定的台阶

据说，站在潮水巡游过的沙滩

可以听见帆船的心声

仿佛海鸟的呼唤，决然离我远去

倘若走近黄昏，迎面是跌宕起伏的风

　　　　　　　　　记 忆 的 空 纸 盒

在阳光下落之处，吹蓝一片海浪

当椰子树与涛声也蓝了

你或许才会明白

这一切都与海风有关

邛州风月

明月淘枯井，飞霜隐马迹

"一曲凤求凰"，断了多少佳人的青丝

完整的，且交给阴晴圆缺

破碎的，就让它流芳百世吧

从寒窗流出的灯火

仿佛一串音符，跳动在相如的指尖

将一树柳色，敲落河畔

风月无边映四季，卓女烧春醉古今

茶马流转的地方，除了丝绸游走的驿路

已无多少唐风宋韵

鲜活的小城，空窗对流水

残照抹灰墙。一张透明的宣纸上

邛州百景落南河

忆及往事，有太多的富饶与艰辛

从一枚橘子上滑落

虚楼水榭，已忘形于湛蓝的日子

像一只绿尾雀

沉湎于梳理青春与羽毛，一声不吭
似乎忘记了黄昏的真实性

在走马河构思一个秋天

我漫步于秋天的走马河

有风在耳廓萧瑟

既然秋风抵不过，岁月的寒霜

只好让一声鸦鸣，在流水上激荡

我在乌鸦的窗棂上，凝视荒疏的渡口

有阳光，女贞子与红叶石楠

在走马河的画布上

俗世生活的整张

那些快乐的白床单

是一群野鹤，翩翩而来

让走马河的脸上

长满得意忘形的雀斑

在我与野鹤，对视的那一刻

草木人间，又枯瘦了一分

所谓的秋水长天

不在于落霞与孤鹜

哪一个飞得更高，而在于

众鸟归林，灯火阑珊时

还能将寂静与清澈

交还给一镜倾斜的方窗

陌生的老屋

曾经熟悉的老屋，晾在故乡的偏旁

年头久了，就陌生了

可以回忆的旧事物，也越来越少

好在屋后的橘子树

还有葡萄缠绕枝头，凉热同此屋檐

荒疏的屋顶，像一只猫头鹰

神情寂然如灰

总体来说，老屋的时光

还有那么几分，老而弥坚的样子

老屋深爱的子孙

——是那些丘山、稻田和老井边

一片寂寞无主的苍苔

这些真实而凌乱的影子，再熟悉不过了

一棵树，一溪水，从额头缓缓流过

几只蜻蜓，在胡须上飞来飞去

——似乎一种天意

日复一日，最让人放心不下的

是阳坡上的野花，谢了又开

——有谁去照料？

老屋是一句生锈的方言，落在母亲

那件过时的衣衫上

无论怎样翻晒，也难以再生长

一枚新鲜的纽扣

秋天的偶然性

秋色宜人，也适宜种咖啡

种植蓝山，不一定要在咖啡馆

但咖啡馆的记忆里

总有一粒咖啡豆的芳香

从咖啡杯里飞出的，是天鹅还是孔雀？

有某种不确定性。就像这个秋日

每一种鸟类，都按自己的想法

在风中画出神秘的图案

这些图案原始、纯粹，

与雨后的天空，保持一定距离

比如树影、电线和寂静的紫藤花

可以用来栖息，

或制造一些偶然性

窗外有倦鸟飞过，隐约可见

钟声暗哑，雨声清浅

哪一种声音，更让人惆怅

也具有一种偶然性

大雁归来时

大雁归来时，秋天就深了
一声雁鸣，从另一个故乡传来
一条古老的江河，像一首经典的民谣
只要有粮食和清水，
就可以让三贤四杰，在无限的醉意中
薪火千秋，山高水长
千杯少啊，少不了一个游子
远道而来的执念与悲欢

大雁归来时，阳光就淡了
一朵野花，从红尘的深处捎来
一个陈年的传说，像一夜劲吹的秋风
只要有西山和围栏
就会让每一个金黄色的面孔
散发出秋果一样的气息
千杯少啊，少不了一个亲人
执手相望的晴朗和自由

大雁归来时，人心就静了
一粒龙眼，从秋雨的背影里
取下一枚闲愁

人间的旷野，遍地都是芝麻、花生
仿佛河滩上少女的牵挂
被雨水反复淅沥，多么干净
让一只大雁，无法面对

秋天的细节

那些秋风，沿着一条大道
向南劲吹。吹绿了江水吹白了墙
秋风吹走的鸽子
像帝王的帽子一样，落在哪里
就是一个新的朝代。秋风依旧在吹
穿越无数的拥挤与喧嚣
总想捕捞一些楼宇、窗台
甚或椅子上静坐的，生活的细节
当我与秋风相遇时
阳光精致。落花孤独。
经历了一场秋风，天地之间
好像每一扇窗户都是空的
汽笛鸣叫三声。那些久违的鸟雀
就那么三只、五只地飞过来
我喜欢这些绵延的，空灵的弧线
在头顶上徘徊与飘零
仿佛它们的怀里，有一大片云霞

　　　　　　　　　记忆的空纸盒

如果落在山冈上
你的秋天，就会层林尽染

柳街的秋天

柳街的秋天到了
连片的稻谷，簇拥着高尚的桂花树
金色是自然之手的杰作
引一群亲人，不舍昼夜地收获
红辣椒、黄苞谷，纷纷走进
夕阳铺设的舞台
竞相表演雅俗共赏的社戏
每一种农作物，都有情深意长的剧情
整个柳街，涌流着黄昏的潮水
而一位晚归的妇女
却不紧不慢地，将一把夕阳
涂抹在自家的土墙上
如果光影是技法，风雨就是实验
这是多么神奇。柳街的秋天
被她不停地涂抹
所有的风物，都变成了
统一劳作的律令

海窝子

江风吹来时，瞿上牌坊高过屋檐

我深入牌坊的纹路

梳理海窝子的脉络，向西走

铺满青石板小径的落叶

仿佛历史的隐喻

一条河万古流芳，古蜀王亲近的地方

注定有旧时王榭的气质

这里没有车水马龙，也不见门庭若市

但家家有花开，户户有流淌

稀疏的人影，造就一种

与世无争的宁静

——几条小街小巷，几家酒铺茶舍

在时光的深处，铺展开来

一群鸽子咕噜噜，飞向远方

在田野的空白处，谱写川西坝子的民谣

——黄昏时分，夕阳像一介隐士

在古镇的另一个维度

涂抹一幅，错落有致的插图

秋风缓缓

立秋如此迟缓，一场传说的小雨

迷一样落在窗前

我还没体验到一点立秋的凉意

阳光就匆匆而来

比桥上的行人还急速

多少人的日子，踩着时间的碎片度过

从未注意草木的往返

季节留下了所有事物的截图

枯荣之间，桂花与槐树的反应

总有让人不易察觉的偏差

长椅上的摄影师，比常人善于发现

那些无声的事物，比沉默的鸟儿

更显低调，比如南湖的荷花

请看好了，这就是秋风

一些容易忽视的细节，不经意间

就凋谢于秋天的家园

秋天即将过去

秋天像一条河，素履而往
流经门前的老槐树，落叶与秋风
随波逐流。这样的河流
从季节的体内诞生，又静止于
季节的表面。我还没有感知其深浅
就滑落于不由自主的沉浮
——秋天的确要过去了
我还在扪心自问，这个秋天
到底留下些什么？
母亲一大早就打开了，所有的门窗
她要与路过的火车
争抢所剩不多的阳光。钟情于阴翳之美
一声蝉鸣，如翠鸟掠过水面
当槐树落光了叶子，离愁一样的白雾
就迷上赤裸的枝条
远去的乡亲，像北漂南徙的候鸟
秋鸿有信，而大梦无痕
我把那棵老槐树，视为码头最后的亲人
一苇以航。秋天流过断桥
——整个季节之河，也就断了

　　　　记 忆 的 空 纸 盒

墨池坝的秋日

秋风醒来的时候，向晚的屋檐下

那一树幸福的桂花

应该还未落吧。我来得有点晚了

那些令人抒情的美好和闲适

被松针逐一指认，已经面目全非

一场秋雨洗过的坝子

万物清新。像从墨池中洗出的才气

将辽阔写得越来越细小

而忧郁，却总是多于缠绵

当我在一曲虚构的箫声里

说一些不明真相的旧事

那些隐于暗处的鸟雀、经书

时间的尘土，已悄然落满秋池

折叠的倒影，与古旧的楼台重合

显得如此地宁静

一个心怀善意之人，论及缘分

流水、禅堂与村庄的麦子

每一次经历

都是无须刻意的修行

故乡的小雨

炊烟袅袅。在我的窗外
仿佛一条完美的纱巾
在故乡的头上飞扬，如此缓慢
这是一个不确定的现场
淫雨霏霏，像情人的眼泪
飘过来，如此深情地
淋湿了柳絮和篮子的青菜
暮色铺张时，一只灰鸟完成了
一次辽阔的飞翔
教堂也有打烊的时候
我解开一件棕榈的外衣
披在它苍凉的身上
我的举动，好像某种宗教仪式
让所有的落叶
重新回到小雨红湿的路上

微山湖短章

流水清浅，由北而南
一条运河，以万古不变的源流

记 忆 的 空 纸 盒

穿行于三千里江山

早已熟知，那些旷野的荒寒

运河长哟，仿佛月光一样的白练

被神女撒向人间

芦苇远哟，试看当年游击队种植的青纱帐

早已长成一片富有哲理的秩序

你看那湖上的莲叶

是怎样的漫不经心？待一阵清风吹来

丝弦般的韵律，就滑过了水面

阳光肥硕哟，当我缓缓走近

清纯的湖边，一叶扁舟穿梭于疏柳湖

一层高过一层的苇浪

最先爬上船舱的，总是采莲的女人

打一桶湖水，一摇三晃

整个蓝天，都洗得不见一片残云

芦荡深处，一串浓重的乡音

引来一队英雄的身影

从红色的岁月里，放飞一群自由的鱼鹰

晚风轻拂，桥头绿树成荫

吹过小桥的风，将樟树轻轻一摇

发黄的树叶，就落满了广场

秋风是过客，流水也是

这些先贤志士走过的梦里水乡

经月光一点染，动人的渔歌

便会飘过来

告别在秋天

看少年迎江风，看榆树吹落秋天

一色青山掠过大雁时

我在嵇康的铁匠铺

迎来了，柳絮一样的秋天

秋天深如落叶时

少年津渡别红颜，忍看陶醉的女子

红枫树一样的红

少年走出山冈，走出你的时间

仿佛从一册旧书中取出

一只花蝴蝶

怎么读，都读不懂你的背影

你的身后，一场秋雨缓缓爬出院子

又向一座山冈走去

那雨后的彩虹，是你来不及带走的微笑

隐约加深了黄昏的颜色

如果颜色与心情无关

那就让漫山枫叶，为你送行

第七辑

风向与坐标

金水河遐想

秋风拂皇城，西水东流
有晨曦与落霞，再寻常不过了
在远楼与近树的故事里
那些流动的事物
都有不可忽视的来踪去迹
就像萧墙下的金水河
隐约的涛声，仿佛伤痕累累的呼喊
充满难以言说的忧伤
古城与小桥，独守一处寂静
如枕月而眠的打更人
——岁月之美
一个沉醉于秋梦的人，怎能参透？
金河上的残光暮景
是老成都人，没齿难忘的记忆
要么是一只客船
从远处泊来，搁浅于黄昏
——颠簸与曲折
与少年的境遇，几乎如出一辙
而船过九眼桥，前方所及
消逝，或者退隐
都是一种赓续和亲近

复制，或者更迭

那一日，阳光更迭
你虚构的一场烟雨，刚刚落下
轻舟就过了江南
这些季节复制的风景，实在难以辨认
夹岸桃花，从毛竹和芦苇中挤出
比任一种花色，都多出三两枝灿烂
一条河以自身的体认，告诉我
谁先知晓春江水暖？
至今还是一个悬而未决的问题
我始终认为，蜻蜓点水与浮光掠影
都不是探求真相的方式
仅凭一叶沉舟的形容，也难以判断
一棵病树上，住过多少春天
如今这般场境
春潮渐散。一个人以必要的虔诚
深入浅出——
山穷水尽之处，或许可以找到
一些含而不露的秘密

记忆的空纸盒

风向与坐标

听不见尘语窃窃，不要紧
只要坐标还在
看不见远山绰约，也不必担心
只要风向清晰
不管告别的途径，有多么漫长
只要有阳光徘徊
有微风，吹过野花和水草
我把一盏闲云当雨伞
一样走遍天涯
你的眼神洗过的爱恨情仇
如一件旧衣裳
旧是旧点，但依然那么干净
干净得让我不敢想象
还有什么比这更朴素的事物呢
真理本就如此
爱过的人，像爱过的草木
四季流转，每一寸都长满了
温情与悲伤。不管你是否在意
有风路过，飒飒风声
也会是你背影的一部分

鼓楼南街

走近鼓楼南街，有人看光阴栖落门楼

飞檐挑起沧桑

而我的视线，聚焦于一座清真寺

如何顺从历史的意象

古槐顿悟悲喜，鸽子划过雕栏

那些漫不经心的杂花

仿佛藏有一万种春色的暗香

都起身向我示意

多少慧眼，穿过岁月的屏障

回到鼓楼的记忆中，无声而敏锐

将天空挂在飞檐上

需要特定的视角与想象

边角的剪影，比整座楼台更具匠心

我尤爱夜雨敲醒鼓楼

每一粒尖亮的钟声，激起的浪花

比七级浮屠，更富于重叠性

传说中的鼓楼街，灯火阑珊于红尘

流水穿行于残垣

——那些不为人知的秘密

被月光反复刺探

终究不见，春风走漏的消息

锦绣广场

锦绣广场，秀于两江之上
横跨东西的乌江桥，紧紧拉住的
那一片秋色，比蓝天更灿烂
广场坦荡，可俯万里风帆

可仰阴晴圆缺，更适合紫薇并枝头
鱼落遇雁飞。是怎样的缤纷
让我和我的同学，徜徉锦绣广场
像一群重拾青春的书生

春梦无痕三十载，秋鸿有信约黄昏
桥上安排车水马龙
将古城的问候，带到远方
桥下布局江水微澜，把季节的叮嘱
托付给一个白鹤低飞的晴天

我们漫步于乌江长廊，沉默无语
欲罢还休的往事
随一棹扁舟，搁浅在秋天的岸边
把盏开怀，当以另一种姿态
辞别少年的深情

此刻，吹过江面的风清新
云水也清新。当我融入一朵浪花时
混浊的目光，也随之清新了

稻子又熟了

——纪念袁隆平先生

过一段时间，稻子又要熟了

还没来得及看一眼

你就走了。稻花香里说丰年

是你一生的追求

一生的梦，始终在每一块田间生长

在你的心里，一根稻禾上

少一粒谷子，不是什么问题

而多一粒谷子，就是夙兴夜寐的课题

对我的亲人而言，一粒谷子

就是一个鲜活的生命

我也一样，可以没有锦衣华服

但不能或缺，一日三餐

那一碗，香喷喷的白米饭

你走之后，月光阴晦

但每一根田埂上，仍有你的足迹在回荡

这是一种纪念，一种传承

或许此后的年程，你已做好安排

风调雨顺的秋收，都有成熟的稻谷

铺满你走过的田畈

一棵大树的子孙

李是谁？是一棵大树的果实

被上帝之手，随心撒落

在李子坝，这些历经风雨的子孙

是无数生生不息的种子。如果落在庙堂

就可以生长一个大唐盛世

如果落在江湖，有一场夜雨，就会结出

一个清脆酸甜的世界

在春天，在形形色色的竹篱瓦舍

一树李花怒放，可以征服所有的花事

我的蒙昧之心，在渴求什么呢？

一树李花，就是一个古老家族的象征

我庆幸自己是一粒李树的种子

来到这个茫然不知的人世

顺流而下的大半生

我无法考证所处的谱系，也无法打捞

一片汪洋中，那些落花流水的往事

每逢春和景明的日子

我都会悄无声息地来到山野

田间和草木的深处，将花枝延伸到

漫漫征途的无尽处

我无从知道，每一棵李树花落何处

但我相信，当燕子飞来时
总有一些李花簇拥，盛开或者凋零
——绵延如大梦

梦醒人间

这么些年，我凭着想象生活
却总是被生活想象
与一盏灯谈审美，与一条巷子论艺术
我的眼前，江山微雨，温柔如旧
——纸窗残月听风声
看得见的是苟且，看不见的是远方
"青春一饷"，何须求浮名
且去浅斟低唱。一把花生佐小酒
百无聊赖的日子
守不住的是春绿秋黄，守得住的
也一样荒凉沧桑

我的时代，穷人找钱富人找心
我既不找乐子，也不找意义
内心轻浅，除了衰草和浮泛的虚名
已没有几块像样的石头
有几棵树就想攀爬，有几根藤
就想缠绕。说话不知深浅

走路不辨高低。心高气躁时
做事难有洞明之大气
恃才傲物时，为文鲜有练达之风骨
蹚过多少苦难的暗河
也没有什么智慧的发现
与世无争的心，禁不住潜滋暗长

这一生，我始终谨小慎微
如履薄冰。以烟火谋生，以情怀悟道
与自己为敌，与坏人为友
日子虽小，却十面埋伏
我庆幸自己，一次又一次躲过
兵刃相接的杀猪刀
格局虽小，却四面楚歌
吭哧吭哧翻过悬崖，总算逃脱了
命运的旋涡。我的道场
除了一些装模作样的时光
只剩一块搜句堂，给自己的心灵
一个放风的窗口

这一生，兜兜转转，已过大半生
偶尔东奔西跑，疲于一地鸡毛
那些反复编织的生活
即便有那么一点精彩动人，过着过着
就会破绽百出

也曾浪迹江湖，所路过的大千世界
那些掩耳盗铃的传说
早已露出了，欲盖弥彰的马脚
我身体里的破铜烂铁
已到了报废的年限，内心的修理厂
无论怎样修修补补，都一样吱呀吱呀
我的身心越扯越疼，病入膏肓
哪还有什么解药？

梦醒人间。这一生
风来浪荡过，雨去狼狈过
也曾为一件事而拼，为一段情而殉
有兔死狐悲的反思
却少有物伤其类的警觉
我的小日子，像女人的胸脯
稍有风吹草动
就会兵荒马乱地起伏
借由一点挫折，我曾挂下倒挡
静听风声，动观雨响
慢下来，只为葆有一点偏好和闲趣
只为修剪与世道的接口
少一些遮蔽，多一点敞亮

我知道，对于生命
我手上的头寸，实在是不多了

是活成一坛老酒，还是一盘剩菜

只好听天由命，随遇而安

无须苟合，更无须犬儒

只要襟怀坦白，在一寸净土里

一样老而弥坚。温杯醒茶

一样平静如水

神秘的面具

毫无疑问，超越千年的东西

可以称得上文物

考古的人，从土堆里翻出的人面

真是妙不可言

如果挂在树上，一夜之间

就引来一群神鸟

一棵树就是鸟类的江山

它们在树上打盹、玄思，梦回前朝

象牙啃过的铜器，被时光雕琢成

一种离奇的眼神

仿佛是在告诉我，那些漫长的岁月

风高浪急，沉船入水底

一睡就过了三千年

或许蜀地的先人

被杜鹃历史性设计和拼叠

就成了今天的模样

像我的影子，被时代的巷子反复挤压

百年后，也一样会自化为

风中诡异的图像

文明不过是一些消息

被时间敲碎和编造，是一个层次

被人类控制和重置

又是另一个层次

多像此刻的樱桃树，被春风再次修剪

从窗台伸向春天时

只有敏锐的阳光，才能读懂

其枝头上神秘的符号

一座烧坊醉古今

水井街，大地因津润而匆忙

风物凭绮丽而绵长

一条南河，一种亘古的流淌

似乎与一眼水井有关

汤汤之水流千古，不经意就流过六百年烧坊

朗朗酒家第一坊，醍醐灌顶

一池蜀江春水，让路过的邮差迷失于锦官驿

像一枚槐树叶，沉醉于市井

而忘了前路——

路断人稀多薄凉，几口热酒解愁肠
请让一只酒杯，托起盛唐的明月
我要与李白聊聊
人间烟火，是怎样被锦江之弦
撩拨成了千秋绝响

一座老烧坊，是东门水码头的一个修辞
让一个城市的美学
在历史的窖池反复发酵
一条宽宽窄窄的巷子，默默地伸向
潺潺流过的锦江
一个深刻而淋漓的动机，让前店后坊的故事
在茶房酒肆，在一条乌篷船上铺陈开来
每一次把酒言欢，都是一服药引子
可以治愈幸福传染的悲伤

方寸之地，在梦幻与现实之间
闪烁着王者的气息
一座老烧坊，收藏了多少圣贤
向而往之——留下的回忆，叹息和梦想
一个人躲进一堆稻粱，可以制造多少
孤独和汹涌；也可以制造多少
无可救药的花月良宵
每一滴甘醇，都是时间的简史
纵使旷日引月，也难以掩饰一座烧坊

历久弥香的风华

当夜幕垂临时，我在一条河上遐想
一杯烧霞写在脸上
面红耳赤的夜晚，被写成七零八落的灯火
从雕楼的镂空处和朱雀的唇齿间
掉落下来。而长亭一伸手
就稳稳地接住了
一场夜雨，打湿了南墙
也打湿了，刚刚摇出九眼桥的舟楫
来不及赶到的候鸟
错过了一轮班船，就错过了一个朝代

每一次告别，都包含漂泊的艰辛
少年不知的闲愁，故国也并非不知
一个行寂的酒徒，醉意阑珊
向世界交出了，南来北往的情节和缘由
当我交出三分醉意时
还想留一分清醒
用来系好，漂泊一生的孤舟

菊儿胡同

橘子黄熟时，一条胡同表情凝重

记忆的空纸盒

比一棵老榆树还深沉

多少纯粹而经典的传说

被时光刻画成一圈一圈的年轮

历经风吹雨打

就演绎成了老北京脚下的暗红色

与这些色彩相关的

是并列两侧，或大或小的四合院

总体上都保持着，安分守己的姿态

一排排或高或低的院门

有的开着，有的闭着

低眉顺眼的样子，让人心生怜惜

除了那些色彩，似乎再没有什么风景

可以进入我的视野

依旧是穿梭的南腔北调，与浓厚的京腔

在巷子里交织。小曲听顺耳朵

梅花香过红颜。一些陌生而性感的影子

在路灯下交头接耳

让胡同的夜晚，有一种魔幻主义的意味

在这样深情的地方，一切从梦寐开始

许多动人的故事

已失去了精彩的情节

仅留下一些破碎的皱纹，在墙头上纠缠

传统与现代，每一次碰撞

都让人失去审美能力

哪一种风景，更有可能成为

明天的封面新闻。老榆树上的麻雀
稍纵即逝。始终难以做出
最后的选择

端午之夜

今晚，明暗交错。适合仰望星空
看那些弧形的星辰
学习某个先人的思想
体味一点无聊的余温和空旷

今晚，微风如约。适合呼朋引伴
邀几个挚友，眺望远方
一条慵懒的河流，最后几朵浪花
漫步沙滩。一个真实的幻影
从上帝的窗户，落入狡黠的深渊
——多么寂静而迷人

今晚，我退避三舍。与妻子谈论
衣食起居。向蔬菜和水果虚心学习
只想弄清楚，粽子的尖锐
与盐蛋的圆滑
哪一个更具有生活的美学

记 忆 的 空 纸 盒

今晚，我彻夜无眠。适合从容地回忆
一个人小小的悲欢
明月的消息，在楼群的上方
缓慢地移动。这柳丝一样的雨季
对一切未知的事物
我多像一个虔诚的信徒

茅台的山水

这么一个小镇，有山山水水
筑一方土台，一口井
再将一把茅草扎在灯杆上
就是对祖先和神灵最好的祭拜
这样的小镇，仁怀天地
好山好水，可以种植清风明月
快乐和忧伤是一种漂浮
一切期待都是尘俗的野心和纷扰
不如让一条河
穿越崇山峻岭，倾泻而来
每一朵浪花，都是窖藏多年的语言
经烧坊的蒸馏和发酵
都会散发出沁人心脾的酱香
我漫步于赤水河畔
从马桑湾到杨柳湾，到处是酒铺

遍地种高粱

我捧起一些高粱，数来数去

刚刚数过一遍

就有一只燕子回归屋檐

高粱散落的声音

恰好与鸟鸣，合而为一

南津驿

在南津驿，一条千年古道

像一位邮差，驰过枯黄的风景

随一阵秋风，绝尘而去

丢下两块拴马石

怎么也拴不住，一条老街

前世的繁华与荣光

当我们在这条古道上行走

眼前的木格窗、夹壁墙

残破的青瓦房，已没落于半江夕阳

你可以看见，四时兴衰的山水

却无法在草木枯荣中

找到昔日的梨花

数百年过去了。红马踏碎的白沙坝

在半阕宋词里叹息

深埋于渡口的春花秋月

　　　　记 忆 的 空 纸 盒

在佳人的眺望里，寸寸成灰
时光删去了，太多的朝云暮雨
在残墙与流水之间
一缕清风吹过
我不禁想问：两庙三宫的晨钟
能否再次敲响？

蜀道行

像一道天梯，蜿蜒在雁门的天空
漫长而艰辛的天路哦
进退自如的，只有那些
从文星楼走出的白面书生
走出剑门关，似乎一切的事物
都有了王者的境界
看东山而小天下。一种新生的王气
脚下生风，仿佛北去长安
有一场既定的约会

夜色过来时，群山散失
唯有一条栈道，是旷废已久的愁绪
被一场秋雨反复洗礼
好像完成某种前朝的仪式
在西窗外，一匹白马

急驰于野径深处
一个人独自关注北方，面色安详
长安之梦，如一场大雪
在皓月下闪光

从长安出来的人，一生要经历
多少朝代。一个天子的信使
走过多少暗夜，仍有说不尽的快乐
而真正的快乐之旅
是向南，再向南。
春风一样的山冈，陡峭而平静
在民谣与水袖之间激荡
阡陌曲折，潼水苍苍
一条路，已翻过七曲山
进入一片梓林，捧在手上的阳光

有人沉醉于北方的辽阔
而眼前，"群山拱伏，各寺仰首"
洋洋大观，正在徐徐展开
每一座寺院的额头
都落满了游子的信仰
高山仰止之处，"流水林静"
而翠云廊的尽头
一叶小舟，在江上起伏
清风吹过。渔家少女且歌且舞

　　　　　　　记 忆 的 空 纸 盒

将一匹晚霞，随手抛向西天

鹭鸟飞来时，这里的天空

呈现出青春一样，朴素的景象

秋游武侯祠

八月的武侯祠，秋风吹乱了

落霞和寒鸦的节奏

鸟雀之音，仿佛陌生而浑朴的晚钟

从远古的蜀国传来

——连绵不绝的硝烟，漫卷十万里疆场

出师未捷，何不让英雄的泪水

重新放养，另一个金戈铁马的秋天

若你的手语发动一场疾风

自由生长的成都平原

就秋色呼啸，落叶望风逃窜

我忽略了这些，历史折叠的物象

让一抹夕阳钻进武侯祠

去安抚一位落寞的王侯和草木的隐痛

这样的时节，必然有一些

隐秘的记忆和表述，值得去探究

我翻遍秋天所有的典籍

也无从考证，一群诡异的木牛流马

是如何转世而成，九眼桥头的万里船

旧日烟火，缓缓退隐于丹楹画栋
——忠诚与贤良，是千古风流
雕刻在红墙上的幻影
无法追溯，一枚浆果在树梢上
灰飞烟灭的过程。不如隐居一处陋室
做一个淡泊而宁静的白丁

烂缦胡同

烂缦胡同，有很多苍老的脉络
一条小巷穿过去，就是一串遥远的叹息
历史的尘烟怎能遮挡
青堂瓦舍下，过往的繁华与喧嚣
"待到山花烂漫时"，
那些会馆、阁楼的学士与须生
或许会穿越时空而来
像一群家鸽，在水月禅林
在江宁郡馆，在胡同的静谧之处
不时飞一圈，弄出点不大不小的动静
我从红梅的花影中走出
看马蹄绝尘而去。看黄昏的古巷
那悬挂在木格窗上的灯笼
透出模糊的轮廓
每一种形象，都是怀才不遇的书生

　　　　　　　记 忆 的 空 纸 盒

日夜兼程的影子

错过赶考的时间，就失去了

陈述青春的机会

或许一生的阳光，都照不见他的前路

……

我在胡同的东边，遐想昔日的菜市口

岁月的深处，一场大雪纷纷

掩埋了多少瓜果的信仰

一些阳光一样的灵魂，随风而去

近似于自由的旅行

动物的天性

我认识的动物，都遵循一定的天性

对这个未知的世界

禽有禽的解释，兽有兽的说法

谁也无法预见更多

为了丰富你的物性，何妨再打开

一个陌生的世界

欲望是一只扑食的小猴

喜形于色。有人投食引诱时

就会逃离主人的局限

争抢是一种游戏，啃咬是一种锋利

只是将自己饥饿的本能

展示给不同的物类

面对别样的事物，凌乱的目光

排列如阳光下的篦齿

尖锐而略有起伏

行动是一种幸福，抑或一种无知

每一个奇异的动作

都是一份小小的惊喜

鸟儿的相思

早莺不是鸟，也不是花

是一种惊喜

就像路人打起的黄莺儿

不是孩童般的嬉戏，而是一种相思

在暖树上啼叫的，是春天的悲喜

只有看花人才懂得，它的情绪

二月飞花，满城淫雨霏霏

花近高楼时

多少迁客，在飞花令中沉醉

飞花寂寂迷人眼

看花人打着雨伞，在花树下流连

走进小雨的

是料峭之上的春天

走出花树的

是一个朝思暮想的人

庚子岁末

庚子年的天空，总是病恹恹的
无法预知的乌云
一次又一次向鸟群袭来
一只鸟儿病了，又传染给一群鸟儿
莫非乌云就是一种病毒
让整个天空，陷入一场旷世的疫情
鸟儿是人类的隐喻
蓝天之下，哪一次庚子的传说
不是人鸟同悲？
我在鸟儿栖息的世界里
搜寻人类的影子。每一片丛林
都挤满了茫然若失的赶路人
莫非是鸟儿的神秘，扰乱了人类的理性
——甚幸的是，我的庚子岁末
霜风擦亮的天空，已准备好一场阳光
自由而欢悦的叽喳声，
不绝于耳。一群逆风而行的大雁
从远方归来。意味着什么？

每片绿叶都是大地的孩子

——致叶继文

与春天为伍的人
那些属于绿色的事物与思想
都与你有关。一片绿叶是阳光的白马
穿过风尘和冷寂
每一个枝头都是归途
绿叶上的春风，是一个翩翩少年
浪迹三千里江山的佐证
吹向哪里，哪里就有
扑面而来的生机

从温州的国槐，飘落西湖的柳枝
你把一枚杭州，带到西蜀
偌大的成都平原
就多了一些，柔若江南的事物
一个蓝色的战士
仿佛一朵流云，穿过岁月的丛林
在巍峨的树冠中禅修，以莲花般的偈语
消弭一切行走的火焰

隐逸在荆棘丛生的都市

记 忆 的 空 纸 盒

你仿佛悬在枝节上的祝福，沉默无言
一个人独处的时候
总是想起南方的故园，那些陡峭的身影
那些鲜明的花朵
磊落于层次分明的月色

月光是一只巨大的酒碗
在微醺之夜，你举起的酒碗冰凉而沉重
如举起一碗江山
让清浅的河水，流过久远的故乡
在那里，朝阳暖暖
一树鸟鸣，足够你聆听半生

你这大地的孩子
深陷于人间烟火。在你的家园
有杨柳梳理三月，有桃花抖擞新衣
春雨漫过脚背时
灿烂的事物，都斜倚在栏杆上
一个原野的使者
浑身充满稻粱和野性的味道

人生如寄。一枚黄叶
就是你的前世今生，将秋天的喜悦
一再放大。落叶从容
节奏如此地轻

轻得只有远去的蝴蝶，可以听见
叶聚成林，丛林之上
可以重新生长鸟鸣和花朵

你的花朵开成旷野的色彩
山花烂漫，只取一朵足以治愈
一个人幸福的疼痛
你的鸟鸣，承继了先祖的骨质与精神
只取一粒，足以清除庙堂的杂音
一个善良的使者，每到一处
都在揭示生活的真相

一个沉默的隐者
坐忘于经籍与营商。师文王之范
以明易理；法自然之道
以悉世故。你的土地纯净而丰腴
适合种植民国一样的风情
你的时间，每走动一寸都有虔诚的回声
你眉梢上的风雨，激扬如言辞
如果用来阐释和回忆
再恰当不过了

春秋大梦属于你
当你出入春天的画图，紫红色的繁花
就开出了一种特殊的意义

当你以红叶的形式加入书页

阅尽人间的经卷。每一个独行者

都在讲述，你撒落秋天的童话

当你独坐辽阔的星空下

就有温暖的风，时不时飒然地吹过

吹着过去，也吹向未来

絮絮如雪

在南方，雪花多数是一些想象

一种开在黎明的花

抑或是一个小女孩，手握烛光

照亮火柴盒一样的童话

如果雪花飞上头顶

会让一个无知的孩子，认识天空

而今的雪花，是我现实的光景

短暂的一生，谁也躲不过

生活的伤口上，时隐时现的灼痛

我的雪花，已飘了几十年

雪入旷野，漫山的芦苇

开出了一片月光。雪入秋夜

我的酒桶，醉倒一个神话

一只小船内心的汹涌

大于江河的雪花

记忆里的雪，都是一大片的白
让我重新认识，白色世界的世道人心
如果季节的前后
有阳光照亮，女孩的身上
就是雪花一样的牛仔衣

望水亭追古

当我眺望你的时候
你是一位迁客，从远古走来
怀抱沸腾的群山
将所有的辽阔，当成唯一的自由
水袖一甩，门前的潼水
万马奔腾。流向哪里
都有一腔古意，淹没万种闲愁

你看，那平静的江面上
一支旷世的民谣，在风中起伏
半江夕阳，被送往一个
美如虚构的地方
向晚时分，静听小桥流水
退隐于潇潇夜雨
梦里梨花，落满鸡犬之乡

当我走近你时

你是一个闭目而思的僧人

打坐于七曲山的宫观

木鱼轻敲。让一些事物

终止于一种节奏，而另一种节奏

又有了新的开始

所有的静，都是为了动。

而你静守的黄昏，像一棵丹桂

花冠生凉。一生风雨沐雁门

曲终人散时

谁是你最后一个信徒？

美术家

美术家的手腕，主要用来点染

一些沉睡于石板、木板和竹块上的偏旁

皴擦点染靠气韵

白描托飞是生动，每一种笔法

都各有力道

让所有的赤橙黄绿，绝壁一样站起来

搜一座奇峰，就打一篇草稿

把天地的大美，用没骨的方式表达

黑白都是锋芒，四时的明法

最好藏而不露

山水之道无非方圆，万物之理

都是纸上的笔墨

转移摹写不是最好的素描

随类赋彩也不足以塑造一场花事

在出其不意的位置，留点空白

才是生活最美的画图

南桥雨无边

那些沙沙之声，似乎有一群羔羊

白鹤，或者红马的轮廓

从天而降。在秋日的午后

我坐于南桥的空间，看万千叶片

翻动于水天之际

那么多的形态，一些纷飞的部分

可以抽象为轻柔或虚幻

一些舒展的部分，也可以具体为

梨花一样的白，夕光一样的亮

那么多的雨点，用一种下降的方式

让一辆三轮车，顺应了天气

穿过长长的时间，来向生活告别

——多么快啊！惨淡的影子刚刚离去

三棵香樟树，就站成了雨天的艺术

来不及飞走的鸦群

躲进含糊其辞的风景，等待一次洗礼

清风徐来，一些悬而未决的事物

重归于平静。雨声浮起的市井

总有一些人事，让我

在意犹未尽中，保持沉默

普照寺听风

元朝的香火，明灭于堂前

历经几朝几代的延续，时冷时热

而今庙门是冷点

但山外有山，阳光普照

风景可以忽略不计

何妨坐爱丛林，听秋风颂卷

总有鸟鸣，松针和深入民间的禅师

让我悟通，我们都是一个世界

草木赋予我们的

不是苦乐，而是一种因果

偶尔抬头仰望，

一盏天灯神秘而寂寥，却依旧明亮

——鉴于此，一棵桢楠树

修行千年，突然有了

立地成佛的愿望

岷江之畔

穿插迂回在古城的大街小巷
一条河打着亮哨
由西向东，流过香樟、石榴，
起伏的平原和灰白的墙
湍急的河面上，阳光撩起的鹭鸟
绕过一对深情的影子
向南飞去。直到落入一截酱紫色的黄昏
鸟儿的钟声里，再也听不到
一艘抒情的客船
寄宿于沙洲，目送月色的故事了
此刻的我，多像一只倦鸟
站立南桥的枝头，看梅花如何落下
在我的眼里，岷江那么长
却无法知其远
而岷江又那么短，短到留不下
一次白云与浪花的谈话

古塔下的灯火

在岷江丢失的灯火，如果春风复活

　　　　　　　　记 忆 的 空 纸 盒

又会在古塔的眼里

亮起来。一些光芒不动声色地扩散

向窗口扩散，向酒肆和树影扩散

扩散是其存在的意义

任何一种温暖和迷人的东西

都有击穿人心的形态

像塔尖上的月光，总在鸟声里浮动

寒烟聚起，一些落在屋檐

一些被江水流去

城市是一条小船，在时间的长河里

以极其谦卑的姿态

劈开一小片浪花的闪烁

等闲是无意义的

谁赶在春雨来临之前，与紫藤花一起

占领草地、栅栏和闲置的荒芜

谁就能在微澜与平静之间

拥有另一个角落

让自家的樱桃，开得更加寂寞

孤独的颜色

人世的孤独，不能忍受的

都已经忍受了

所谓的孤独，是一个沉默的隐者

用散佚的经卷

虚构一张雕花大床的旧梦

所谓的孤独，是一根漂浮的稻草

匆匆流逝于未知之境

执着于一次迷茫的打捞

一个人的孤独是浪花

你把它扔在一条不确定的河流

它一定会觉得整个世界

都在起伏和跌宕

所有的孤独，皆敌不过山寒水瘦

当孤独从一寸山水逃离

就有了某种具象——

在桃李的颂辞里，孤独是民谣

在麻雀的嘴唇上颤动

这样的孤独，落在故乡的枝头上

就有了橘子一样的味道

东安湖

多么开阔的湖面，无拘无束

仿佛一种青春的气息

——在荡漾。有年轻的风

有新鲜的浪花，和白鹤清脆的叫声

阳光，漫不经心

铺在湖面上，除了光影

静物和蔚蓝的色彩，每一种元素

都充满自由而亲切的气氛

在这铜镜般的湖面

请允许一群年轻的浪花

冲开彼此的陌生

在这端庄的日子里，用鲜活的花样

展开一种敏捷的图腾

最蓝的美梦，就是这样炼成的

想象有限，而激情无限

这些学子的表演

已习惯于喝彩，鼓掌和飞溅的笑声

我不是一个专业的看客

也并非幸运的观赏者

但以花朵对比云朵，怎么拼接好

一幅美妙的图案

实在是一次严峻的考验

股市如潮

股市如潮，有涨有退

涨潮的时候，汹涌澎湃的波浪

一浪逐一浪，周而复始

将无数沙粒一样的羔羊，卷入大潮

他们欢呼雀跃，庆祝自己

成为勇立潮头者

——这世界，是多么地精彩

潮起潮落，盛极而衰

多少弄潮儿，在懵懵懂懂中

沉浮于穷人经济学

被一场只有输家，没有赢家的赌局

洗劫一空。潮水退去之后

那些一丝不挂的沙粒，被一个浪头

打到沙滩上

——这世界，是多么地无奈

我分不清阴线和阳线

我只知道，每一条起伏的K线

都是一浪对另一浪的冲击

无论是大浪、中浪

还是小浪，每一段波浪

都有特定的属性。你可以不知道

何为大海？但中流击水

你必须向纳尔逊·艾略特请教

如何在大海上冲浪……

咖啡的独特性

在人间，苦难何其多

比如花开荼蘼，鸟鸣山更幽

有时被阳光遮蔽，有时被秋风忽略

所谓的苦难，是一行雁阵

发自内心的悲悯与从容

可以让冬日的烟柳，从凋零中醒来

所谓的苦难，是一只蝴蝶

在一地废墟上，难以走出三月的迷途

请让我打开季节之门

释放一些沉郁与薄凉的情绪

有一丝余温就够了

无须太用情。沧桑之美

源于山水之殇与植物的言辞

一个人的苦难是夜半的深池

每临近一步

都有无法预知的陷落

所谓的苦难，是一杯下午咖啡

跌宕起伏，独与生活往来

你可以一饮而尽，但谁也无法逃离

一生的陡峭与哀愁

在文殊院

文殊院，你在那里等我

等到天空陈旧，红尘老去

当秋天合上掌纹时

我踏着秋风般的佛音，与你相约

阳光是秋天的信徒

一晌阳光之后，我们可以怀念

也可以闲云一样的方式

等待寺庙的耳朵

在老和尚的门缝中醒来

我走进大殿的佛堂

听木鱼声声，将念念有词的经书

敲进舍利塔的年轮

秋风越来越模糊，我听不清

是从哪里传来的梵音

我借香樟的身体，躲过人间的烦扰

用一杯茶色，制造一刻宁静

窗外乱云飞渡

落花与鸟儿，一同歌吟

一炷香烟，从虚无处飘过

人神两界，梦还是梦

石经寺的香樟

窗外那棵老香樟，是一个上师

慈眉善目。始终保持着

谦卑的姿态。而身后矮小的那一棵

要年轻些，更像一个古典的少年

将忧伤烙刻在原始的额头上

试图告诉我们，人间向善

草木也有，不可告人的苦厄

相对于那些凋敝的荷花，香樟的命运

具有纠结，反复和某种不确定性

黄叶遁形于暮色。鸟鸣初探于朝露

当细小的雀舌，从长眠中醒来

与春风交换气味时

仿佛所有的窗户，都换了一副面孔

闭门谢客的山寺，重新打开

让年轻的香樟，在天光云影中感悟

一页经书的坚硬与柔软

相约此生
——TO X.K

说起过往，总有一些话题

难以忘怀。相约此生

不是为了以浮名，换取热爱

也不是为了等待，即将来临的春风

吹拂你半城阴凉与尘土

我知道，你一生钟爱的事物

在无数次朝花夕拾中

早已烟消云散。你的生活简洁明快

没有一种赞扬，可以描述

你的精致与温婉

没有一种色彩，可以调和

你天然的娇羞

时光虚幻时，流水即是你的语言

叙述了你一生的镇定，淡然与小清新

说起意义，显得多么无趣

无论是昔日，红星执法的故人旧事

还是今夜的风清月朗

在热烈的交谈中，目光风流

语气倜傥。你的微笑，足以点亮

一片灰色的天空

像一个理想主义的少女

与一种成熟的格局，相得益彰

我是这样想的，如果春天的阳光

成为你优雅的心情

那些平浮于流水的事物

就会潜滋暗长

如果一场夏雨，成为你额上的溪水

那些静坐于岸边的老槐

就会在一个多云的下午，陪你品味

杯盏一样的山色

是的，有时候，秋风不过是

你举手投足之间，一点小小的感悟

吹走了短暂的迷茫与惆怅

吹来了雅诗兰黛、赫莲娜和灿烂的红石榴

这些深刻的思想，无疑增添了

你驾驭时光的难度

生活或许就是这样，一心向善

在主观中，平衡些什么

还没有把握好，生存的尺度

身边的落叶，就已经堆积如山

而客观世界里，有太多的陡峭和荒谬

让你的心情，偶尔也会处于

驳杂与凌乱之中

亲爱的女孩儿，人事消磨

我们无法让落叶，重返树枝

让流水回到童年的记忆，缓慢而适性

那就让自己无聊一会儿

选择一种哲学，或者宗教的坐姿

再安详一会儿。让光阴回到事物的内心

让身边的草木，各安其分

蓝色的吹哨人

——TO Y.J

秋雨绵绵下久了，每一片潮湿

都会充满泥淖

就像你日常守护的夜晚，每一片蓝天

都有阴晴圆缺

天上的街市，每一个林家铺子

都有翻云覆雨的时候

你秋风一样的手，那么一挥

各色云朵，各就其位

井井有条的秩序，是你的美梦

而你一生面对的，却是这样的场景

毫无形态的阴险与狡诈

诸如一个少年的平台和一个少女的网络

每一种契约都布下了桃色陷阱

这个难以穿透的世界

到处都是令人眼花缭乱的漂浮物

资本何其野？你了然于心

大数据专杀熟，谁也无法置身事外

每一种模式都有丰满的诱惑

每一种欲望，都披着一层贪婪的面纱

御夜而来。一切对财富的迷恋

都可能转换为对流量的缠绵

夜深了，你在祖国的花园辗转反侧

倦怠或失意，都是熟透的水果

赋闲于你的桌面

并非是失去了原始的滋味

那些叠床架屋的人头

仿佛口若悬河的玫瑰，砌成的金字塔

在寂静的海面上，闪着粼粼波光

从月色上落下来

桅杆上的风帆，也落了下来

——战斗或颓废

那是一种何其艰难的选择

昨天站在船头，那个巡视花园的人

不就是头顶红盾的你吗？

快把消费主义的窗户关上吧

一场P2P①的大餐，骤雨一样来临

从花园的窗户看出去

蓝色的天空下，多少科学的谎言

被涂上形而上的图景，宛如精致的蛋糕

---

① P2P: Peer to Peer Lending 缩写。意即点对点网络借款。

什么样的麻雀凑在一起
让这些嘴脸，奏出了欢乐的盛宴
在榆钱树的阴凉下
布满猎人的大网，仿佛黑黝黝的光线
围拢过来，适合处理
一只母羊虚假的情感和价格

在阳光明媚的街巷，车马嘶鸣
小黄车、小绿车、小黑车
谁的手快，谁就优享
哨声悦耳，一个蓝色的吹哨人
被遗忘于平行的街道，如此艰涩而凄厉
当你面对这样的寒夜
就让明月升起，让晚风及时吹过枝头
如果冬雨来袭，就让阳光铩羽而归
近乎百分之百地精准打击

九月秋风拂。你的身体里
一群棕色的走马，正在悄然成长
你的花园里，秋天的小夜曲
被一台断弦的钢琴，马不停蹄地弹奏
仿佛白色的波浪，苍凉又悠远
那些自然流露的伤心事
犹如知音焚琴，一缕蓝色的火焰
云雀一样闪过

在透明的夜色里，一个吹哨人

站在十字路口，把秋天幸福的香果

送到众鸟的手里

秋风正起，该落的东西，早晚会落下

该来的东西，今夜就要降临

造假者、掠夺者、诓骗犯、传销的领头羊

各色不法奸商，纷至沓来

虚假的信息，如大雪一样席卷

你刚刚摆平一场灰色的怪力

一些黑色的乱神，又布下艰险的深渊

这些荒谬和倾斜的形色

无论多么诡异，都难以逾越

一枚正义的刀锋

这尘世纷扰，做一个吹哨人多好

在你守护的夜晚

每一片水土，都有月光自由地挥洒

我们可以放浪形骸，一晌贪欢

每一片天空，都有鸟儿在自由地歌唱

我们可以云游四方，追名逐利

这里人间祥和，早已走出了一管就死

一放就乱的怪圈

这里时光缓慢，万般随缘

每一路神仙都可以

在自己的庙里各显神通

多少年了，一个人走在路上
吐烟圈、阅人事；看站台上的美女
如何把口红上的微笑
优雅地擦掉。让一张报纸
读透规则的法度。每一次落寞
都是隐忍；所有的凉热
你都宠辱不惊
一个胸怀长天的大鸟，不管骤雨如何苍茫
胜似在倾斜的事物上
画一个连绵不断的破折号

许多时候，你一言不发不是为沉默
闭门谢客，不是守候孤独
而是让自己的工具，始终保持理性
将浊水堵在门外
让阳光照进窗来，有一夜春风
就把幸福吹成小蛮腰
在你的心里，那些长年相伴的战友
所有的慰藉，都令人感动
所有的身影，都值得怀念一生

你在秋天还好吗？
一个人的夜晚，比一群人更宁静

366

想必你的身边，总有一起走过的朋友

这样的夜晚，可以没有月光

但不能没有美酒

或许秋风，是最好的下酒菜

我们把酒言欢，将一天幸福的回忆

当成铭刻千年的记忆

——别离的客船，越来越远

就让它远去吧

留下一壶老酒，聊以问候

这个萧瑟的秋天

夜色峥嵘

日落，曲终人散

傍晚是一只夜莺，从哗变的楼群飞出

在无序的残局里

一曲人间的悲歌，被峥嵘之夜色

反复弹奏。仿佛从一段朽木里取出的灯盏

可以烛照你的前世今生

将朝与夕，来与往，都重新梳理一次

是否可以发现无人问津的路口

从此走出人生的迷局

我在一场又一场谍战剧中

回想久远的生活

青春、梦想和爱，一些消失的事物

就像堆积在墙头上的瓦片

一阵阵清风吹过

稀里哗啦的，掉落一地

这人世，来来去去。聚与散

兴与衰，千古文章都可以列为主题

作为迷途之人，从己命

是一条路；从时运，是另一条路

都是各自认领的命门

栅栏里的春天

栅栏里的春天，锁得太久了

就难免会生长，一些出乎意料的隐喻

春风如奔，流水如喧

一种气息，一种无处不在的呼唤

浮华于大千之中

早起的鸟儿，如约飞向北方

而我们的牛羊，正要把一袭朝霞

赶上山冈。是时候了

我必须打开季节的栅栏

让春天的密码、信心和光芒

释放出来，让储藏在万物体内的

崇高和色彩，释放出来

　　　　　　　　记 忆 的 空 纸 盒

在苍翠之上，形成欢快的节奏

我要打开天空的栅栏

放飞一群鸽子。让天窗更加透明

让一场谷雨，沿着云岭的阶梯

洒满饥渴的人间

再一次孕育生命，滋润城市和乡村

我要打开大地的栅栏

让亲人们的烟火、泥土和汗水

在生活的屋檐下

春种秋收，各守其分。

我要打开人间的栅栏

让人民的工厂，尽可能地复工复产

让生活的秩序，恢复自然

让正午的阳光，缓缓地移动

独照高楼。让每一个幽闭的日子

正常地交谈、争吵，或者握手言欢

重新回到昨日的喜怒哀乐

我要打开闪亮的栅栏

让更多流离的生计，在风调雨顺中

昼夜兼程。让一枚落日

散发出万家灯火

畅想岷江

岷江总是这样，决绝而任性
一如既往地，将春天分发给荒原
一些黄昏，还未及解读
而更多的日子，已不见了踪影
总是如此。有一些小脾气
更有大格局。长久而徒劳地追逐群山
白云和呼啸而过的风声
仿佛一种神秘主义
有多少帆船逝去，就有多少三角梅
在你的窗外重生
我对岷江的局部，始终保持敏感
阳光明媚，就顾忌野花恣意
清风徐徐，又警惕那一片绿柳
被抚得过于舒适
你看，那一些篱笆围起的小空间
藤蔓与柳丝相互缠绵
让一些不为人知的秘密，四处扩散
牵牛花的小手，从东墙爬到西墙
看似杂乱无章
实则是一种真实和自由

记 忆 的 空 纸 盒

湖畔观荷

红尘过于虚幻，何妨走进我的春日

走进微山湖，偏安一隅的色彩

这里清风疏柳，每一处流水都富有新意

这里牡丹一笑如红颜

每一朵花开，都隐约万种风情

执念于少年的痴狂

例如游人如织的红荷湖畔

好花辽阔哟，漫天飞舞的花事

似春风挥动狼毫，在苇浪翻飞的湖面

泼墨气吞山河的大写意

一块湛蓝的天空下

千只鸥鹭翔微湖，万顷红荷落碧水

古人意趣，今人闲情

——在这里，你所倾慕的白云苍狗

无非是绿肥红瘦的山水

且为一个逐云而去的少年

留下万千气象

青城丹梯近幽意

在这里，青翠的树枝架起一座城郭
一棵树可以不管，人间烟火
起起伏伏。但必须对上清宫的香火
保持条分缕析的延续
在这里，你若顿悟就是梦里水乡
鹤鸣稻粱熟，有五斗新米
足以让修道成仙的白鹭
结伴"上清天"。
在这里，幽静是一种气质
圆明宫曲径通幽，越深入越忘乎所以
一种虚怀若谷的格调
像一朵杜鹃花，经书一样打开
在自己的皮肤和气味里
体验一枚浆果，具体而生动的细节
在这，丹梯千级，越攀缘
越不知天高地厚
如我所见，一切过往的雀鸟
都有始无终。在天师洞
接受了耳提面命，你的高处
还有老君阁在等待
你不来，我不往

372

匆匆流水过南桥

几声早鸦，叫醒了锦官城下
古老而严肃的红
一种主色调，炉火纯青
让一棵紫花槐，走失了时光的轨迹
直线是你的，曲线是我和乌鸦的
我指示乌鸦占领了雀巢
好让一种温暖，投入美人的怀抱
"天无以清"。我让一江弱水
穿透西窗。似乎落叶卷走了秋风
也卷走了匆匆过客
留下一座青石桥，已然临近黄昏
此时的锦江河畔，灯影街市
——谁也不会在意
月斜于幽巷，正偷偷地打量着
一个东张西望的人

母亲的房间

那是母亲的房间
住着木床、木柜和饥荒的米缸

都是些灰暗的事物

我与母亲寒暄时，一只麻雀

从天花板上飞下来

落在窗台的边缘

阳光斜斜，麻雀东张西望

阳光比麻雀的把戏

更透明一些。光线明亮时

麻雀在观察

光线暗淡时，麻雀飞入米箩筐

稍有疏忽，母亲的稻粱就少了几粒

此刻，阳光也照着窗外

几缕金色的发丝，我从未触摸过

今天想起来，那是稻草人

未及聚拢的眼神

明月流南楼

那时候，古稀的南楼很高

高得挂不上，一盏小橘灯

缺灯少油的日子

月光是我的家乡，唯一的灯火和亮色

低矮而陈旧的草屋

月光如一只旧马灯，挂在树枝上

趁人不注意的时候

记忆的空纸盒

又悄悄溜进母亲的厨房

山高月小。母亲的表情似一只小鹿

在窗户纸上跳跃

那时候，我也好小，小得只有好奇心

明月流南楼，一群鱼就摇头摆尾

甚至乐而忘返

日出东方。而西月还未落下

那是多么神奇的力量

飞碟如风

飞碟如风，将东山的低处

吹成时尚的湖水

湖畔的柳枝，飘忽不定

时光的鸟儿，穿过神秘的宁静

聚集成南方的雁阵

让更多的草木，从梦境中出发

让一朵花唤醒另一朵花

每一个花瓣，都翻飞成你的影子

一只鸟叫来更多的鸟

每一声鸟鸣 都汇聚起一片

欢乐的海洋

所有的道路，在风中跑起来

一切过往的足音，都富有运动的精神

风平浪静的湖水飞起来

让年轻的健儿，在现实的后花园里

动则意气风发，静则守望野花

我要在荷花的枝头上

搭一座领奖台

让所有的花朵，为你盛开

酒入愁肠醉大江

漫不经心的日子

总是被高粱卷起的浪花吞没

当一穗高粱深入人心时

更像一只发情的麋鹿，在风中交欢

喋喋不休的碎语

像火红的晚霞，以燎原之势

穿透了我，大半生的卑微与空寂

每当我坐进夜色的椅子

总希望有一些陈酿

在我的房间飘荡。仿佛一群候鸟

从旷野衔来的人间烟火

始终保持着一种质朴的气味

以及粮食与水的温度

——无色的液体，像月光

羞涩而浪漫地流动

我深陷于一朵云的缠绵与醇厚

试图以闪电般的勇气

一口喝下，半条古老的河流

让明日的忧伤，成为今夜的轻狂

——醉意阑珊时，我不知道

一只倦鸟，如何成了

春秋大梦的一部分

李冰广场

站在岷江边上的人

始终保持一种穿山过水的静气

在父与子的身后

天空的峥嵘与河流的傲慢

都整体驯服于，一座古城的秩序

为了草木葳蕤、稼穑成林

让长河似的人群

成为这一方水土的主人

你用卧铁、杩槎和竹篮怀抱的卵石

构筑自己的意象

多么朴素的逻辑，一河分两江

一山锁双龙。大小沟渠

纵横成一扇交错流淌的水系

用心何其专也。一种简单的思想

究竟出千秋万代的大叙事

流水之上，你是这一片疆土的君王

以壮士出征的勇气

驾驭一只桀骜不驯的小兽

万千步履，早已反复确认过

一条长河的冰凉与湍急

你挥手之间，稻熟桑葚红

遍地瓜果成旖旎，一片自然之境

在川西坝子蔚然成风

七里诗乡

我们约定，在某个夏日的清晨

穿过七里之外，一片小小的杉树林

来为一条河流，指点迷津

为田野上的草尖和枝头，装饰一些绿意

为一方水土，种养光芒

或许在重温一场旧梦。阳光灿烂的季节

一朵流云，从南方归来

让一场阵雨，湿透了整个夏天

记忆中的稻田，迎面扑来

仿佛我的童年，越来越清晰

——七里诗乡，有雨水落下屋檐

我多么希望，接天碧叶

记忆的空纸盒

是我的一把雨伞，可以为梦中的女孩
打过黄家院子的台阶

总布胡同

总布东西几个朝代，到了民国
又将太太的客厅
布置在这里。多少名人轶事、神丹妙药
在明时坊流传
多少贤达鸿儒谈笑于此
这些隐忍于车水马龙的街巷
似乎已经不属于城市、街道和十月的燕京
也不具有后现代的气质
就像一群受伤的狮子，困于历史的栅栏
而被现实的宏大叙事
无可奈何地遮掩
早该放逐于原野，或许疾风和劲草
可以重新养肥一群北方的苍凉
在我的视野里
胡同无非一些牌楼、宅院和府邸
住着一些达官显贵
而今风光不再。该拆的拆了
不该拆的也拆了
让一段公理，失去了见证

有憾还是无憾，由谁来评说？
一位老大妈，走出敞开的四合院
将白发苍苍的日子，晾在一根电线上
像一张旧床单，越晒越淡
杂乱无章的风，吹进胡同口
将一些碎纸片、塑料袋和历史的记忆
卷进墙角。风可以吹开一扇红门
却吹不尽，那些斑驳的铁锈
与随风而起的忧伤

纽约时代

像一只流浪狗，随70年代的琐事
浪迹纽约的街头
我的早晨，被突如其来的阳光击中
局促不安，就那么一刻
东哈莱姆区的孩子们，
就为一块曲奇饼，争得不可开交

为捍卫掉落地上的秋天
唐人街的女人们，像秋风一样吹过
秋风随手解开了
圣保罗教堂的外衣
我正好用来，给一双棕色皮鞋抛光

在成人书店的门口
每一颗红心，只为25美分跳动
仿佛百老汇的灯火，让疾驰的汽车
不知向哪个路口拐弯
一不小心，就拐进来一辆
18世纪的马车

那个穿靴戴帽的，是菲利普·帕特
他将娴熟的杂技
从1974年7月的法国，耍到了
曼哈顿的钢丝上。这个惊险的动作
真不是一个小事件
它引发了一系列电影特技

让洋基体育场的棒球手
忘了是击球，还是击向自己的脑袋
一场女权主义集会
挤碎了第五大道上，自由的面包
一个消防栓，坏得恰到好处
缺了一半的龙头，
正好成为孩子们喝水的小嘴儿

这年冬天，约翰·列侬与小野洋子
将一个伟大的牌子

竖在纽约、蒙特利尔、多伦多
以及欧洲的几个城市
许多人像标语一样，只希望表达
"战争结束啦！"

而有些人又像西风，对和平的热爱
胜过了同性恋的抗争
Studio①54俱乐部，两只鸳鸯
在少妇的胸口上派对
仿佛暧昧的风筝，被布朗克斯的
一座废墟，消息一样放飞

那是1979年，纽约的某个傍晚
天空的表情，比以往任何时候复杂
街头的人流，似乎漫无目的
朝着哈德孙河上的落日
缓缓地流去……

水文化广场

在春天，俯仰广场与岷江
我想到了鸟儿的水命

---

① studio：演播室。

鸟儿告诉我，水与广场的逻辑

就在岷江之上

大地无声，有一场夜雨

岷江的潮汐，就会澎湃在广场上

我们倾听，广场如一片汪洋

跌宕起伏——

有一排排泉水，喷涌而出

有一幕幕水帘，掀起层层巨浪

磅礴之势，如虎啸龙吟

仿佛万物的光芒

都从一只水鸟的口中吐出

让整个人间的窗户，都被擦亮

徘徊于流水的广场

我用汤汤之辞

书写枊槎托起的月光

林间或者花丛，交相辉映的寂静

用灿灿余晖，把连绵的丘壑

构想在黄昏的内心

让一簇簇眼花缭乱的芬芳

在一个崭新的时空中

开放成一朵又一朵

湿漉漉的鸟鸣

一只仙鹤怀抱风尘

江风拓景。一只仙鹤怀抱风尘

穿过楼台，循声而去

一个悲壮的诗人，早已化立岸边的植物

向苍天叩问，向旷野叩问

向似是而非的落日叩问

在他的脚下，一江春水执意向东

流过寂静，流过黄昏

千帆竞发，在惊涛骇浪的汹涌里

不过是一种虚拟的存在

无法演绎一个诗人，凄凉的抱负和感伤

如果江山任由指点

何妨守一方家园，用阳光喂养草木

你的房前，风清物静

用雨水种植落花，你的屋后

鸟鸣婉转。亘古人间

无非一件往事

万千思念，略等于一声叹息

　　　　　　　　记 忆 的 空 纸 盒

三星堆的鸟与树

在这里，你见过的摇钱树

每一只手掌上，都站着你心爱的朱雀

人鸟同类。但唯有鸟类

可以用自己的方式，与上帝对话

鸟通神性，每一个夜晚

都有智慧的鸟儿

把人间的梦想带给我的女神

鸟儿是神的信使

每一个季节，都有不知疲倦的鸟儿

把上帝的手谕，传递给这些

鸡犬相闻的子民

春天从杂花中走来，一夜春风

唤醒泥炉。整个三星堆

在自然的恩典中，长出新绿

悄无声息的绿，如此铺张和迅速

真让人措手不及

那些透过阳光的形色

在热烈的蓝天下，显得更加和蔼可亲

当一只蜜蜂点染之后

每一地油菜花，都充满甜言蜜语

桃花冷艳至极，梨花浅白无常

两种美学之间的冲突

引一代帝王的江山，横斜而出

一棵树就是一个年代

每一个季节，都有花开花落

若问朝代兴衰，"皆看一树之枯荣"

我走出一片扶桑的阴影

来到自由而古老的鸭子河畔

每一片水域，都流淌着春天的神话

越过东城墙，是一群大象

了无踪迹的森林

临近马牧河，有我的先民

把一段不朽的乌木，浪迹成了

天涯的方舟。当我选择

在真武村的茅屋与黄昏中

把酒话桑麻时，月亮湾的朱雀

早已羽化成仙

我抬头仰望夏天，透过树枝的阳光

照着你的神鸟，照着柏灌

鱼凫和杜鹃一样的王

他们思索的影子，隐藏于历史的折页

那些貌似艳阳高照的日子

田园阡陌纵横，如一只小小的容器

所有的事物，无论是行走

还是飞翔。都无法逃离

一群巫师，口若悬河的辖统

你看那些睿智的鸟儿

从山光水彩中起飞，飞过墙头

飞过草丛，飞过万千沧桑

鸟类的言辞，生动如古老的经文

在斑驳的钟鼎上

深刻下一段哲学的悖论

一些植物学的记忆，不断有人清除

只有历史学始终保持沉默

不妨草野听禅。侧耳总能听见

一曲秧歌调，以传统的方式抒情

接近于风吹稻花的喧响

秋天是一个未解之谜

在北纬30度演绎。我不知道

一棵秋日的柿子树，该以怎样的站姿

才能让几枚柿子，持续地

温雅和安宁，而不会过早地掉落

黄叶飘零，不再掩饰虚荣

明月朗朗的夜晚，独自徘徊树下

月光像一只旧船，缓慢地摇出柳荫

桅杆上展示的含蓄与优雅

像蜀人的思想一样深远

令人赞叹的是，一个经典的城池
被一场旷世的大雪
掩埋了无数个世纪，却在不经意的
惯常耕耘中，重新复活于人间
这有多么的偶然
考古学证明了一种存在
对于遗址的潜意识，该怎样表述
或许一颗残缺的象牙
可以探明其隐秘的结构
即便一切生存模式
都已沦落于他乡，但生命的无形
依然会清晰地呈现

我走到一棵孑然独立的铜树下
仿佛看见，每一条树枝
都挂着神秘的果实
每一片绿叶都散发着迷人的气息
这是鸟儿的温度，是仙女流落的爱情
是转瞬即逝的美好
我仿佛听见，鸟鸣嘤然
模仿着人类的语言，向上帝转述
尘世的期盼和思想

冬天悄然而至，鸟儿消弭于天空
许多声色渐渐微弱
阳光与颂词，像秋风堆积的落叶
已失去了金色的意义
这样的季节，你别无选择
你选择站在树下
像一个瘦身的大立人
用蝴蝶一样的眼睛，看缤纷与萧瑟
每一次仰望，你都可以发现
那些潜藏于横枝与纵叶之中的目光
如草叶般闪亮、如孩子一样活泼
唯有这样的目光，才是人类抵达神祇
最有效的途径

当我回头时，这里已然变成了
丝绸之路的故园
从南方的起点出发，不管是象耕鸟耘
还是龙腾虎跃，突围和啸吟
都不过是漫漫硝烟中
一个简朴的缩影
长亭短榭之后，每一处边关都在述说
恍然隔世的陌生

这里的鸟儿，依旧在飞
以不同的姿势，飞过崎岖的山冈

——飞得真高啊
鸟儿的身后，是不一样的蔚蓝
不同的速度，有不同的消逝
但都是一种现实的立场

记忆的空纸盒

那时候，故乡是一只空纸盒
一空再空。那一切的空
因地缘性而潜入某种无声的记忆
一些不可见之物，从盒子里长出来
有风的交织，有雨的微妙
以及个别残存的蛙鸣
我把破庙的钟声和某种天真的理想
装进先于我抽象的盒子
而一只追风的蝴蝶，却放空了
我潮湿的火柴盒

那时候，纸盒是时光的邮筒
传递过苦涩，沮丧和一厢情愿的爱
夜深人静时，我们一起
把山色的空蒙和书桌的凌乱
重新整理一遍
扔掉荒谬的青春，将童年的记忆

折成一只灰麻雀

——在邮差的手上放飞

古老的复调，带着植物的香气

在我的记忆里，童年的纸盒

有洁白、平整的属性

保持了原始状态下的谦逊与坦诚

像是在一夜之间

一只无奈的盒子，就如此这般

被时代的钥匙打开，流落于一片汪洋

辗转反侧，一再被僭越

颠覆和操控，失去了固然的真实性

就连苦楚和悲声

都渐渐有了，形销骨立的棱角

当一些复杂性消失了

一种鲜为人知的空寂，就有了可能

——正如我们预言的一样

阳光破空而出。

晴朗和麻雀，从我的故乡照过来

到处都是往事对我的回忆

安静读取纸张，风声切割境遇

鸽子的窗台，挨个儿打开

阳光越向内，越能获取折纸般的隐秘

深陷于哲学的盒子，人与物

因伦理和流派而纷乱

——这无异于艾略特的荒原

与弗罗斯特的农庄

时空的幻化，竟是如此地绵延不绝

人类的算法，已维持不了

二十一世纪的想象

装饰性的盒子，无论多么光鲜

万物的不朽，已被几个数字洗劫一空

废墟之下，天地之大美

无非大盒容小盒

——船行云海，人坐太空

残山剩水，不过月光的一声叹息

无须讨论更多的复杂性

我的故园依旧完整，每天醒来

讯息的潮水，都在涌入我的盒子

浸透、卷折，相互关联

——就像此刻，我的爱人

正在把一只洋葱，一层层地剥蚀

最后剩下透明的一层

始终没有形成，惮于人知的经验

只有令人嬉笑的部分

将盒子填充成，一种更为空乏的形态

而今，我的人生是一只空纸盒

经过无数次拆解与重叠

却总是逃不过

纸糊的宿命。在河山驻守的内心

除了陈旧的色彩和标签

找不到一点确定性

仿佛生而为人的一切，都未曾发生过

我整日潦倒于故纸堆

再多的文字，也糊不好一只旧纸盒

空如纸盒的日子，谁又能得心应手？

雕栏玉砌，挡不住一江闲愁

何不如用一枚别针

别住纸上的流觞——秋水蓝天

薄凉的世界，无论多空

总有一些，绝望和悲欢的气味

如果岁月一闪回，就输掉了所有的筹码

无须懊悔，有一点空白的记忆

便是最好的剩余价值

此刻，我徘徊于寂静的海边

一只巨大的盒子悬在头顶

辽阔的虚无，恍惚有一个上帝的影子

在失踪的边缘冥想

我朝向大海——无知的陷阱

像谣言一样深不可测

我用尽毕生的精力，也难以打捞起

一只漂泊于水上的纸盒

江山一指青春逝，在精神的盒子里

无法挽留一粒命运的阳光

我只想装一分淡泊，三分宁静

让一个人的记忆，白云一样散落

诗歌大道与修辞的微观辩证：
论李永才

——诗集《记忆的空纸盒》的语言脉络和精神轨迹探源

/ 易杉

2022年，汹涌的疫情和弥漫的硝烟，已经在精神领域给人们带来了巨大的困惑，世道人心在深刻的生存危机之中变得更加模糊不清。无论怎样的环境生态重组和怎样的内心焦虑色变，诗歌语言在少数人那里已经蓬蓬勃勃地开始了新的修辞裂变。诗人李永才《记忆的空纸盒》所暗自渗透出来的话语底色，呈现了当代诗人对于时代诸相的细节磨砺和思想打探。受地域气息和种族文化的影响，诗人的生存轨迹伴随着身份的迁移，最后落脚到语调。诗人李永才的血质中，流淌着土地的淳朴和韧性。尽管，在漂泊不定的都市中，他的忧伤和孤独已经变成另一种语言多维变脸。《记忆的空纸盒》所呈现的个人精神成长历史与诗人的书写轨迹，是当代诗歌话语艰难的现代化进程的微观透视，从自然主义出发，到理想主义，浪漫主义到现实主义，直逼现代主义。诗人李永才在修辞微观之中遭遇了诗歌大道的洗礼，他的诗歌经验综合了童年的土气，江湖的侠气，诗人的豪气，文人的雅气，以及作为艺术家的静气和匠气。所以，在他近年来的写作之中处处透露出来的语言观念的更新和无论题材还是手法上的有意探索等艺术突围，都表现了个体诗人写作对当代生活的发现惊奇，和诗歌在处理现实与语言的关系上的个别命名，同时表达了一代诗人在新语境之中自我变革与文本创造的辩证中的文化抱负和艺术野心。

有哲人认为，记忆就是现实，现实就是历史。诗人李永才诗歌的记忆，是诗人全景式的写作尝试。诗人拉网式的精神诉求，在疲惫的日常之中展开，从城市到乡村，仿佛一种精神的溯源。作为汉语的乡愁，是关于乡村与城市的魔幻，正如美国诗歌从迷惘的一代，到垮掉的一代，到新时代汉语诗歌，如诗人霍俊明所命名的"尴尬的一代"。在强大的农耕文化背景之下，历经苦难的汉语正处于一种"迷惘"与"尴尬"的"双重焦虑"中，今天的书写已经不是简单的异化和去魅。诗人李永才的书写逻辑，跳出了传统乡村诗歌简单的赞美和修饰的忧伤范式，既有缠绵，又有反思批判。关于城市，我强烈地感受到一个"幽默的外乡人"的内敛和机智。所以他的诗歌有一种距离上的漂泊感，也带来李氏某种"飘忽的诗风"。正如《西西里的故事》所表现的故乡，不是因为它是诗人的出生地和祖先的尸骨埋葬地，而是我们爱的出发地，是我们初爱的地方。诗歌的记忆，恰恰是诗人现实的五彩斑斓，是孤独灵魂的辽阔牧场。记忆是诗人积极的人生态度，是如杜甫一般的入世情怀。尽管诗人李永才的诗歌中情感的成分非常浓厚，但是"一介贫穷书生光脚在乡村走了二十年，又在城市挣扎了二十多年，还是老老实实看几本书，写几首诗"的深刻内省，仿佛有些历尽沧桑的感觉。"我无法在精神的盒子里/挽留一粒命运的阳光/只想装一分淡泊，三分宁静/让一个人的记忆，白云一样散落"（《记忆的空纸盒》）。空，是放下，是悟道的空灵。中国道家的自在逍遥和佛家的觉悟遁空满满地掷入语言之门。东方智慧静入眼底。"空纸盒"仿佛语言的诗歌，是诗人理想与梦幻落脚点，诗人最终皈依了"人生之空"，似乎也应兑了中国文人如大潮一般悠久的天人合一的思想。身处后疫情时代，风云变幻，心性磨损，儒释道的生命调式，似乎成为当代中国诗人某种难以逃避的悲壮而残酷的语言宿命。

李永才属于情感型诗人。华兹华斯认为，诗歌是强烈情感的自然流露，它起源于平静中回忆起来的情感。重庆人火热的性子，四川人的麻辣味和侠义心肠，包括如袍哥一般地缘文化的熏陶，所以李永才诗歌的抒情性是从他娘胎中带来的。他的诗歌节奏缓慢，语调铿锵。偏向情感一隅的窃窃私语，总是寄托于具体的事象、人象与物象上。"我苦涩生活的一部分/需要说出来的/——已经成为飘逝的尘土"（《故乡的光景》），他的乡村意象的经营，饱含了对于亲情、土地和河流的感恩之心。"在蔚蓝的苍穹之下，播种光与影/在红湿的雨声中，体味虚与实/将过去的荒诞、不堪和愧疚/重新回忆一遍"（《剪春风》），他的城市意象变幻莫测，带着个人的感受和体温。"而我只想读流云与天色/如读一匹老马/穿梭于驷马桥与九眼桥之间/那一排卷进风尘的树/在神思倥偬里，早已失去真身"（《朝读流云》）。在现实中读出了烂漫的忧伤。实际上是"贫穷和苦难，养育了一个少年/浪迹天涯的忧伤。"（《上帝的来信》）。尽管四川诗人身上有一种"山头意识"，有一种"扛旗子"的传统，但是无疑为他们的创造性提供了善良的温床。诗歌的民间精神在四川大地风起云涌，生生不死。诗人李永才从80年代的东方诗社开始，已经步入了诗歌先锋建设的行列，近年来主持编辑的《四川诗歌地理》等几个选本和主编的诗民刊《四川诗歌》来看，在诗歌回到艺术本身的观念建设和文本建构方面，四川诗人已经做了大量有益的探索。诗歌事务同时提升了诗人的境界，开阔了诗人的眼界。我想，他从《灵魂的牧场》到《与时光伦理》已经出版了7本诗集。应该说，《记忆的空纸盒》是诗人李永才文学认知和诗歌修养的全部表达，是诗人里程碑式的作品。李永才成为高产的诗人，肯定与他的诗歌见识蓬勃生长有关。前几年在圈子内高呼的美学诗歌写作，到今年高呼的新诗在汉语之外。无疑，诗歌提升了诗人，诗歌培养了诗心。听说他现在对历史散文感兴趣了，深入文物，聆听历史，观察人性。跨界写作已经成为新时代诗人的流行病。诗人是想在多维度的现实勘探之中磨砺诗心。当代诗歌对细节的热爱已经化为精神的主推力，当代生活经验如何转换为修辞的源泉正在成为新的诗学热点。叙述加思考的简单诗写正在被与文明对话的语言制度替代。那么，诗人李永才们在抒情的维度之中加入的个人癖好般的智性视野，是否为汉语诗歌的可能性提出了新的挑战。

李永才的诗歌之中有一股强烈的60后味。无知的童年（但有更多的时间投身于大自然的细微之中），饥饿（精神和肉体）的少年，劳累的中年。"文革"前后的社会形态，可以说是一穷二白，刚刚翻开了可以吃几口饭的时代，不仅仅是在文化上的单一，更是民族头脑的简单化。生产建设也只是解决温饱问题，阶级斗争成为重要的政治波普，精神建设几乎全面忽略了个体血肉。中国经济的转型和高考制度改变一代人的命运。贫穷总是伴随着孤独，同时磨砺了生存意志，从四川师范大学到北京大学求学。他的心路历程充满了对理想生活的渴望，所以他的诗歌之中总是隐隐约约地散发出淡淡的忧伤，和大多数60后诗人一样，他的诗歌永远充满了挣扎，以及对命运的反抗。"我看到了，藻类云集水草翻涌/如此汤汤的世界/失败是有限的，而生机是无限的/潮涨潮落，仿佛人世代谢/推近及远，往复循环"（《沙滩笔记》，抗争之中带着几分坦然和自我劝慰。诗歌就是反抗。"诗歌的活力发生在词与词的组织间，但照亮这一切的是生生不息的文化创造力、价值创造力"（姜涛语）。多年的语言生活锻炼以后，他的诗歌从情感空间转型为文化空间的精神密码的重构。所以，诗人才会在人间稀疏的烟火的悲悯之中，看见了时光的伦理。"生活正在变得，如此地荒谬/如果你想看天空/云朵就是脱脂的牛奶，在桌面上流淌"（《黎明的可能性》）。从诗人李永才的诗歌转型的写作个案，我们可以窥见作为60后诗人的话语形态，在澎湃的时代特征之中如何完成语言对自我的塑造。诗歌如何关注知识和后工业时代的命运，是60后诗人写作必须面临的诗学难题。诗歌的困惑，不仅仅停留于美学和技术方面。这样，我们就不难理解为什么一代诗人在写作进入中年以后，开始迷恋"反转的诗学"。他们貌似二三流的作品，其实是在抵抗时间对生命的侵蚀。看似大口吃肉，大碗喝酒，西装革履或者正襟危坐的诗人李永才，其实他的内心装有多少如一江春水般的万般无奈与柔软。身处在无边黑夜的我们，彼此是看不见的，除非有一次被如闪电般的语言照亮。青春期的激情万丈，冲动的语言，转变为轻盈的晦涩，甚至走出了公共话语视野，变得十分难懂。"生命不止是一只散佚的候鸟/许多雨季过去了。我喜欢的旧报纸/旧马车，云蒸霞蔚的旧日子/都成了十字街头的遗梦"（《灰麻雀》），生命的沉重影响了语言的沉重。卢梭在1746年的著名论文《论语言的起源》中提出"人是语言的动物"的命题。《马太福音》中说，"太初有言"。语言与生命合一，天地人神和语言融为一体。诗歌从文化转型为语言之诗歌，诗歌回到了诗歌的怀抱，道成语言，语言成为诗人的精神家园。"下午是蓝色

　　　　　　　记 忆 的 空 纸 盒

的，风声也是/我执念于一溪云，半江春水/无声无息。闲情甚多，仍需一分淡定"（《蓝色的下午》），诗歌是诗人一次又一次的心灵栖居。"60后，这个代际的诗人写作优势在于，他们有足够的人生经验，数十年的写作训练能够轻车熟路地将其转换为诗意，这个群体早已经过了为名利写作，趁着灵感与才情写作的年龄，过滤掉生命中的喧嚣和尘埃，诗成为建设人生的一种方式"（王单单语）。你在李永才后期的诗歌之中，看得到明显的美学趣味和修辞功力，尽管距离语言的伟大，我们都在路上。

罗伯-格利耶认为我们都生活在世俗的时间之中，当时间成为一种个人宗教的时候，时间的力量可能化成精神的力量。李永才诗歌的书写轨迹基本上打破了编年时间，童年记忆，过去记忆，外地记忆。临时性，破碎感。叙述的，而又是沉思的。重庆和成都，父亲和陌生人，乡村和城市，通过回忆和记忆，实现了时间的"现在化"和由客观的物象转向主观的"内在化"。诸如远去的列车，灿烂的蝴蝶，深秋的白茶花，陌生的老屋，三星堆的鸟与树，七曲山的大庙，都是时间的象征。物质的时间，空间的时间，都化作语言的时间。诗人，是时间的成员。时间性，也意味着没有开始，没有终极。生命从混沌开始，从盲目和无知开始，诗歌的原乡是不是哲学的时间呢？生命是不是时间的过程？在李永才的诗歌之中时间之流无处不在，可能表现为感喟，可能表现为描述，可能表现为叙述，可能表现为记录。他对生活的诘问，对生命的拷问，对世界的追问，对灵魂的慰问，都是对时间的信赖。这是不是诗人所追求的"空白人生"之大境界？从"大自然的多声部"到"每一片秋叶都是倒叙"，诗人其实是无限地向往时间那齿轮一般咬紧的物理秩序。规矩、安分和圆满的人生态度基本决定了汉语诗人的语言态度。无边的宁静和淡泊作为东方美学的底色，永远是汉语诗人挥之不去的语言乡愁。所以，《记忆的空纸盒》的意象指涉，大多符合东方美学的静态、典雅和端庄之美。春夏秋冬，风花雪月，诗歌仿佛诗人李永才如大海一般情愫的安放地。我们在空纸盒中看见了一个感性的灵魂无边无际的躁动，现实与虚构的烟火熠熠生辉。大地上又多了一只飘荡在风中的空盒子。深秋了，当我们在难以忍耐的热浪之中缓过气来，我们的脚下已经堆满了仿佛在苦苦述说的枯枝败叶，面对浩瀚的诗歌，无边的星辰，生命能否经得起再一次的倒叙？

古罗马诗人卢克莱修把大地的"物性"作为灵魂的第一依附，通过物质和空间的双眼，发现和勘探人性。亚里士多德更是认为，灵魂是生命的第一推动力。而灵魂同时具有了生命的自然形体的形式。怎样在动荡不安的世界找到属于我们自己的土地的呼声越来越成为人类走到今天的存在信誓。

诗人李永才诗歌的抒情性发轫于诗人的出生地和童年记忆。"北风轻轻地吹过来，吹斜了/操场上的红领巾/吹乱了，苞谷林的秀发/将少年的青春，吹得哇凉哇凉的/

一个瘦小的童年/在池塘里游，在河滩上走/在枣树上爬，在社员的钟声里徘徊/黄昏已经离开很久了/母亲的身影，还未出现在家门口/我的童年，半蹲在月光的脚上/眼巴巴地望着门前的柳叶/树梢上垂挂的，除了宿鸟的低语/似乎还有母亲的问候/结束了一天的劳作，此刻的村庄/户户冒烟。让一个瘦小的童年/看不清，哪一片天地/才是出头的日子"（《我的童年》）。迎面而来的是情感的朴素和画面的清新。由北风、红领巾、苞谷林、池塘、河滩、月光和柳叶描绘出来的乡村，恬静而和谐。在这幅乡村的晚景之中，我们看得更多的是一个少年的沉重的心思。诗人用浪漫主义的表现手法营造出中国农业美好光景的最后挽歌。

"你总是那样，像一辆老旧的风车/一个人在深不可测的风声里/弥日累夜地旋转、吹送/将一些鸟语、秕谷，雨点一样密集的汗水/源源不断地释放/那陈旧不堪的形象，历经风雨/被反复敲打和修理/一种疲惫和乏味的生活/与母亲的背影，相向而行/故乡的秋叶黄了又黄/母亲，你好吗？/我不知道，该说些什么/一个懵懂少年，背井离乡/在死水微澜的尘世/漂泊大半生，可没有一处炊烟/会因我而升起/当日头照在白花花的江面/我却没有泛舟其上，指点江山/当春光明媚，花香跃然枝头/我又未能如彩蝶，忘情地翻飞/而今说起另一个夏天/秋风已至。我无力随一只飞鸟/去追逐大好月色/当我与黄昏，握手道别时/我满面愧色/想起母亲和她的风车/我不敢轻易谈及，那些生活的细节/我只能选择沉默无言/将灵魂与虚名，隐于市声"（《母亲和她的风车》）对故土的眷恋之情跃然纸上。思念往往产生于灵魂的伤痛。与母亲的倾述更多的是想在记忆之中找到一种心理的安慰。但是诗人也有疑问，"在这个局促而狭小的空间/有一些值得信赖的事物/就可以确认——/哪一些幸福是具体的"（《在故乡》），这不是独自的肯定，而是一种心理的暗示，幸福，具体的，一定是来自大地一般的母性。我们都会从单纯出发，在城市的那头，疯狂的欲望和腐烂的人性，像波德莱尔一样品尝现代社会灯红酒绿的恶之花。"一声蝉鸣，如翠鸟掠过水面/当槐树落光了叶子，离愁一样的白雾/就迷上赤裸的枝条/远去的乡亲，像北漂南徙的候鸟/秋鸿有信，而大梦无痕/我把那棵老槐树，视为码头最后的亲人"（《秋天即将过去》），人类永远都是自然的儿子。诗歌所美化的乡村，只是在整体性的维度去修复后工业时代科技生活带来的断裂。乡村已经不仅仅是灵魂的安顿，更是一种救赎。由"土地伦理"和"生态良心"引发出来的对荒野的敬畏，肯定是对语言环境的未来憧憬的美好隐喻。

诗人李永才的乡村情怀，为他诗歌的抒情声调奠基，确立了诗人李永才诗歌的淳朴、厚实的抒情底蕴。"人烟稠密，生活应该渐渐地空下来/我的道路，越走越窄/怎么修，也不再有金光大道/新事物太多。我还是喜欢经年的东西/先辈们来过了，一生劬劳/然后默默地离去"（《上帝的来信》）。无论诗人在城市的焦虑之中走多远，我们都会听见一股清流在他深藏不露的诗行之中秘

记忆的空纸盒

密流淌。乡村的人格化，已经伴随着诗人的成长成为诗人写作的动力源泉。"整个下午，我沉默于颓废的椅子/把纷乱的天空，仰望成有序的蓝色/总想在一些自由散漫的云朵中/捕捉一段失踪的序曲"（《蓝色的下午》）。即使是那些如本雅明的断句拼贴出来的现代碎片，也散发出礼俗生活的自然意志。我想，是什么魔力让一个大山走出来的孩子，无论在生活上，还是在写作上，有那么一股超乎常人的韧劲和犟劲，我不得不为自然的伟大塑造之力而感到灵魂的震撼。

与大多数60后诗人一样，英雄主义、样板戏所渲染的改造世界，拯救全人类的"政治情怀"，大跃进和浮夸风所酝酿出来的"改天换地式"革命浪漫主义，多少为他们的文字烙上了大胆"魔幻式"的"想象力"。从诗人李永才的写作历史个案来看，我固执地认为，60后，从他们出生时的生产队和供销社的计划经济，到10岁左右经历的阶级斗争和爱国主义教育，20岁左右经历了联产承包制和个体户为标志的市场经济的转型。30岁左右，计划生育开始，上有老下有小。责任感，紧迫感，危机感，生活培养了他们强烈的独立意识和担子意识，无论读书、当兵或者经商，他们都有一份闯天下、捞世界的拼劲。历史就这样在不经意间造就了不一样的诗人。像我一样在农村或者城乡接合部慢慢长大的诗人，我们骨子里的声音肯定地被广阔的农业生态所庇护的大自然的山山水水所滋养。水利文明或者灌溉思维潜移默化成为诗歌的潜在的韵律。像母乳一般为我们在世俗以外的理性社会不至于被吃掉那份来自大自然的广阔和自由。毫无疑问，我们一生热爱的诗歌在物欲横流之中的免疫力来自于乡村经验。所以，我不赞成把60后看成怪物般的"政治人"，更不赞成把60后饱含饥饿和劳累的诗歌归类为浅抒情和伪抒情。正是因为特殊的政治、经济、文化、心理环境因素，历史最偶然地造就了一代捍卫理想主义，崇尚自然主义，深入现实主义，直面后现代的诗歌群类——"诗歌60后"。

世界，只有在世界与他所理解的和理解他的主观性综合时，世界才成为世界。诗歌发明了大自然的多声部，发明了美好的节奏和斑斓的色彩。大自然的多声部，一定是诗人心灵的多声部。"列车远去了。湖水静下来/悄然宽松的车站/剩下一个多余的人，默默走出/想用无穷的仰望，为天空刷一层湛蓝"（《列车远去了》）。烦琐世事的列车一一远去，留下的是天空的湛蓝。灵魂再次放松，如雨后的窗口。

60后诗人，如果从20岁开始写作，基本上有30年的经验训练。他们之中的大部分写作已经进入中老年写作。诗歌已经成为他们命运的部分，也参与了他们精神世界的不断重构。和大多数被称为"第三代诗人"的命运一样，诗人李永才们经历了80年代诗歌的狂飙运动，90年代的叙述诗潮，以及2000年后的"个人诗学建构"。从诗歌形式学的讨论，诗歌文体的探索，到诗歌本体论的建设。文化诗学到语言诗学的转向，汉语诗歌已经开启了向现代化、经典化深入的进程。技术立场和审美立场成为现代诗歌的重要圭臬。抒情、叙述、哲思的传统写作框架被打破，戏剧性、跨界、断裂、含混、隐喻、象征元素加入的"复调文本"，更加广阔和深入地丰富了诗歌文本内涵。过一种审美的生活，已经成为当代诗人对世俗生活的距离超越。语言生活，更加重了心灵的轻盈。"稀疏的人间，香樟树淡然/安静如斯。困顿和局促是最适宜的/像屋檐下安静的懒猫/十月的香樟树下，空气混浊/我无法精确地描述/城市的形态、感受及每一个场景的风格/视野所及，灰暗的墙上/黄昏散漫，被时光刻成余晖/此时此刻，心系一缕残阳/或许是最好的结局/据我观察，南河像一条跌宕的弧线/被某种手法虚构/所有的波澜壮阔，都无法改变"（《稀疏的人间》），人间的稀疏，诗人无限的悲悯，香樟树却安静。采取了对比的手法，人与物形成张力。懒猫，城市和残阳，一幅人生的衰败的图景，这是不是一个诗人50岁后的心境？外面的世界，那看不见的波澜壮阔，一切身外之物，都无法改变。人生陷入了说不出的无奈。表现出诗人李永才诗歌一以贯之的"忧伤，婉转"的语言风格。

　　"第三代诗人"尽管年龄跨度大（以50后、60后、70后为主体），写作时间基本上是从80年代开始，他们是中国先锋诗歌的倡导者和践行者，也是继20年代以来新诗文体创造的主力军。实验与探索始终与"启蒙""批判""精英"处于同一历史语境中，他们所坚守的语言立场，以及可能性的个体突围，无论是叙述策略，还是抒情的转型，都在改变新诗的命运。他们中的大多数已经摆脱了靠才气写作的写作框架，经历几十年的中年写作，通过阅读、交往、写作和随笔式的反思，对于他们之中的大多数来说，诗歌的技术耗费了他们写作生活的大部分最美好的时光。训练主题，训练语言，训练修辞，训练断句，训练短句，训练长句。在训练之中学会了节制，学会了捕捉，学会了拒绝，学会了剪辑，更学会了诚实。那些皓首穷经的句子，那些被无数心血打磨过的词语。"准确"，那是经历了锻打、过滤、破坏又重新拾起来的水晶。经验是岁月给的。"第三代诗人"最年轻的部分已经进入"知天命"的年龄，作为他们之中的中坚力量，还有不到十年的时间就很快进入老年人的行列。"秋后的老街，落叶踩响青石板/黄昏曲折如小令/铺设在水岸，一条委婉的巷子/行人稀落，仿佛从寺院坍塌的晚霞"（《老街稀落》）。经历了惊涛骇浪的洗礼，人生的态度慢慢趋于平缓，"看惯了秋月春风"，在病痛和衰老的围困之中，慢慢地看淡了名利，更多的注意力转移到生老病死的思考之中。"让一种清新的优雅，婉约于/西高东低的分水岭/昨日往来的邮差，穿过一声啼鸣/把春秋来信，/送达一个失踪的地址"（《老街稀落》）。纷繁复杂的人生经验慢慢转换为语言的经验。风花雪月和曾经沧海难为水的激情慢慢转换为诗歌简洁而有力的表达。所以，他们在修辞和语言上就有了"冒犯"的底气。冒犯传统，冒犯诗歌权威，冒犯修辞，冒犯美学，更大程度地冒犯那个唠唠叨叨、病病歪歪、不思进取的自己。"冒犯诗学"最大地确立了

记忆的空纸盒

诗歌独立和自由的品质。"好些片段，都是空白和恍惚/唯一让人安心的/在灌木和杂草之间，仍有一条小路/可以走回原地"（《灰麻雀》）。热爱世俗的生活也是需要足够的勇气。从喧嚣的政治经济生活慢慢退出来，过一种与世俗生活保持一致的语言生活，是不是"第三代诗人"的写作命运。

诗人李永才的语言策略就是告别，用陌生化的感受告别直白的抒情，用意象的建设告别简单的叙述。"在荒寂的秩序里/散发着新鲜的气息，像故乡的橘子林/成熟的春见，依然活跃/在经典的细节里"（《复活的只是影子》），诗歌就是对话。"这是黎明时分，一只早起的鸽子/向我问候：早安！/省略了一些细节。这是否意味着/人类的生活，正在被善待/就像古旧的窗台，在落叶的影响下/有了一段称心如意的爱情"（《鸽子的时刻》），诗人一改过去与事物的对话，把一种自言自语的自我对话变成"悟道"。"花可以乱开，鸟也想乱叫/在江边，那些走来走去的石头/沉默了多年，如今也加入了/胡言乱语的行列/乱是一种秩序，无须维护/也须需赞美。是少年的无间道/是岁月复活的物象/比如铁匠铺的锻打声，杂乱无章/却让卧槽的老马，吃了一次回头草/你的伦理，太过完美/请让我以一头乱发，为你放浪形骸/这是无序中的有序。/就像千年的古城，被一条大河/条分缕析。总有一些/雪泥鸿爪，被时光之师/捡拾在岸边。流水反复苍茫/与这种苍茫同步的，是溪流中的鱼儿/经历了真正的风吹浪打/对眼花缭乱的世界，已无心/为一棵女贞子/控制自己，值得骄傲的欲望"（《无序与有序》），从人生的经验到人生的体验，诗人在"观"和"照"的关联之中，把事物的命运与人生结合在一起思考，从秩序的"语义"出发，在物象的比对之中，想象出事物内在的关联。事物的秩序在混乱之中确立。复杂性和怪诞性被孕育。客观事物通过直观的多重投射，释放出语感的光芒，最后达成了主客一体的语境。含混和重构。事物的真相，世界的真理在一棵女贞子中站起来。乱与不乱，诗人的语言辩证法，抓住了事物的悖论，从静观到顿悟。一种对语言意义的解构完成了对真理的个人命名。在有序和无序之间，在自由与不自由之间，人生的意义就在"非"和"是"之间慢慢展开。人与物，人与事，虚与实，雅与俗，情与色，总归于人心与外物的较量。张力与思辨共存。超验与神秘互生。从诗人李永才诗歌写作的语言脉络来看，他是从传统的描写和抒情出发，以浪漫主义的想象力丰富了他的词语谱系，再以陌生化、身体化和词语的隐喻变奏开始了自己现代性的语言历程。而诗歌的现代性建设不是技术立场的简单捍卫，更需要诗人精神建设的不断跟进。在时代症候与诗歌充满张力的对话之中，作为依然在写作一线挖空心思、绞尽脑汁琢磨语言的诗人而言，摆脱诱惑，回到书房，回到一张桌子面前，是不是我们最为现实的选择。

纵观李永才的诗歌创作，他的主题取向有两个线索，其一是情感主题，其二是文化主题。更多的时候是情感主题与文化主题的合围。"武侯祠的人物，有些旧了/但旧了的日子，从不缺少生机/像后院的芙蓉花/去年旧了，今年又开出了新鲜/白里透红的模样/一点儿也没有改变//在百花潭，我想说/百花只是一场虚构的大戏/缓缓地开，缓缓地落/唯有芙蓉照水，才能从南方的花径/走进精致而美好的生活"（《芙蓉颂》）。他靠情感打下的诗歌江山，最终落脚到对文化的打探。对文化的刨根问底，让他走出了个人狭隘的情感世界，触摸人性的边界，挖掘人心的斑斓。"我像一株秋草，误入荒芜的歧途/我知道，对过往所谓的幸福/没有多少可以把握/我只想对自己好那么一点点/大概可以用自己的孤独/在内心制造一个小小的世界"（《五十而知天命》）。天南海北，人文地理，庙堂江湖，诗人书写的题材涉及社会生活的方方面面，关键是他在参差不齐的情色之中扮演的角色和身份。

"在成都与重庆之间，无数次往返/爱过的人，错过的事/在各自的命运里，相映成趣"（《一个人的旅途》）。命运最终把我们送到生活的原点，无论你走多远，走多久。本地居民和游客。叙述者与观察者。参与者和旁观者。"经验层层叠叠，通过希望和恐惧的指涉，反复定义自身；此外，通过最古老的语言——隐喻，它不断地在似与不似、大与小、近与远之间比较。"（约翰伯格语）。诗人穿梭于茫茫人世间。漂泊的灵魂，掷地有声的肉体。"我的身体，游离于美学之外/已没有什么秘密"（《类似的安详》），坦坦荡荡的灵魂的自我裸露，诗歌的真诚，源于身体的无限敞开。主观和客观在自由的书写之中滋养了红尘之中疲惫的心灵。

　　丹纳认为，一切艺术与种族、时代、环境有关。诗歌的地域性潜藏了深刻的历史性。空间地理和人文地理所显示的地貌地缘，成为诗歌生态发轫的良床。"能否抓住日常生活的奇迹，这显然是对一个写作者虚构和想象能力的考验。文学叙述地方指向的是现实的地方，更是想象的地方"（何平语）。诗人李永才诗歌的地方叙述，已经超越了地理学的意义，他用自己的感受和体温为自己划出了一片心灵的王国。北京的春朝，潮涌扬子江，锦城浣花，天府广场，等闲岷江，在郊外，在姚渡，又见龙潭湾，徐汇见闻，千厮门的夜色，钱粮胡同，龙泉驿，鼓浪屿笔记，在昭觉寺读禅，题金沙遗址，燕京看雪，水上嘉州，西塘的夜晚，在三苏祠怀古，白鹤梁的潮来汐往，未名湖畔，城隍庙老街，洛带偶书，阳光遗弃的渡口，宣威门城墙，柳街古镇，走马河，西塘遗梦，北极阁胡同，伏龙观掠影，陆家嘴之夜，过安澜索桥，青城桥的早晨，普照寺的黄昏，廊桥茶馆，帽儿胡同，邛州风月，海窝子，墨池坝的秋日，微山湖短章，古楼南街，锦绣广场，茅台的山水，南津驿，蜀道行，秋游武侯祠，普照寺听风，岷江之畔，古塔下的灯火，在文殊院，石经寺的香樟，三星堆的鸟与树……诗人李永才用他的诗歌画笔，装上满满的情感和多思，勾勒出自己的诗歌版图，同时勾画出一幅多姿多彩的精神长卷。

　　夜深人静了，雨水打湿的世界是我们经历过的世界，想一想那些热血沸腾指点过江山的身影，想一想那些经历了煎熬和折磨的生命如今在泥土之中如何皈依了寂静。想一想我们一路走来的仆仆风尘，想一想我们还在顶着的一生的疲惫，突然明白，这个对我们说话的世界，向我们说的就是世界。市井深处，民生草草，雨水洗亮的路灯，昏暗的夜空。此刻，黑键盘敲击出来的黑色文字横在我的面前，仿佛昏昏欲睡。闭一下眼睛，再想一想：诗歌，诗人和世界构成的世界，朗朗日月，我们奉献其中的肉身和文字，明天还有多少时光可以称为不辜负的光阴！

2022年9月2日　新都状元府邸

易杉：60后诗人，诗歌评论人。

虚无和存在都是隐藏在
空纸盒里的同一条河

/ 何光顺

在当代诗人中，四川诗人李永才是我非常关注的一位重要的诗人。

最近，李永才新诗集《记忆的空纸盒》就要出版了。我很早就想为这部诗集写点文字，但感觉这部诗集的牵引点太多，有很多重要元素，都如天上的星辰，闪烁出神秘的光辉，吸引观星者驻足。每当读者碰到这样一部随着纸面溢出神秘力量和精神力量的作品时，就大多沉溺于作品的文字、情感和意蕴中，而久久难以自拔。

我读李永才的诗，就常常有这种感觉。在此前，我读到他的《与时光伦理》时，就连续写了三篇文字，分别为《一条从荒芜之地流过的河》《一个人在秋天谷禾里的秘语》《在知白守黑中发现时光的弧度》，看这三篇题目，读者们可能就会感觉到其中既有一以贯之的东西，但又有不断变化，如生命在不同季节的美丽形态和风景。一部优秀的作品，往往就是这样，在它里面，有着作者始终如一的坚持，但却又能幻化出万千风景。

在读《与时光伦理》时，我就被李永才的诗歌打动了。他的诗歌中的禅韵、哲意、苍凉和幽远，都让人感受到一种生命化为艺术的厚重又灵动的力量。李永才是一位擅长于把他生命中所遭遇的事事物物都化为他精神象征的诗人。这个时代关注物和书写物的诗人很多，但李永才所写的物，又是独具他个人的精神气质和艺术眼光的。

中国诗人都爱写河流，或许，就源于中国文明与河流的古老渊源。河流始终拥有一种开端和生成状态，它从来不自居于辽阔，而却奔向辽阔。它从混茫中发源，又流向混茫的无限远方。逝者如斯，不舍昼夜，一条河流自带君子的气息。"一条河的使命——/一路向东，打开远与近"（《潮涌扬子江》），大约每一个四川诗人，都会去寻找滔滔金沙江流向的远方吧。"你向平野奔流，以金沙江的风采/蜿蜒于崇山峻岭/聚万峰云雨，得巴蜀之浩气"（《潮涌扬子江》），当李白目送孟浩然烟花三月下扬州时，当苏轼被贬谪杭州在苏堤种下一行行柳树时，四川诗人，就带着自大山里奔腾而出的河流的精灵元素来访问大海了。

李永才的诗，就是带着巴蜀文化的古老元素的，也同时是带着他的自我的精神元素的。这就像他自己所写的那条河流，他的诗歌也成就着一条河流，创生和奔腾，在原野、森林和沙漠中流过，有星光明月，有暮鼓晨钟。就像他所致敬的艾略特那样，在河流的道路上沉思，"困顿之中，又陷入迷途/仿佛一轮明月，落入无声的大江"，"一个孤独的诗人——/向着风，述说自己的预言"（《致T.S.艾略特》），一位诗人，就具有着如河流一样变幻又恒定的精神，也具有着如河流一样丰富而多彩的艺术感知力。

　　诗人创造河流，就如诗人创造时间。从本质上说，上帝就是一位诗人。神说："要有光，于是就有了光。"时间从光中开始。河流从诗人的言说中流淌。我们都熟悉古诗中的那些河流，他们是被诗歌带向永恒的，也带向神圣的，"黄河远上白云间"，"月涌大江流"，"黄河入海流"，"大江流日夜"，"黄河之水天上来"，"一江春水向东流"……河流承载着太多。或许，所有的河流都流到了诗人李永才这里，他才如此感到了生命之河的充盈与丰盛，"那么丰满的结构，多像一条河重返人间/让收藏多年的粮食和水果/在一江春水中发酵"（《静水流觞的日子》），诗人在聚拢河流中，获得了来自河流的灵感。

　　这让我想到了这部诗集的主题《记忆的空纸盒》，这记忆，岂非河流，那河水是奔腾的记忆元素，那河岸是诗人记忆的边界，那河床是所有记忆的承载的基底，它制约着记忆之河的流速与各种不同的状态，那一个空纸盒，在记忆之河上漂荡，它储藏无，却也盛满着有，消逝的，都未曾消逝；流走的，还正在奔流；存在的，将不再存在。诗歌的文字，岂非如河水，也如空纸盒里的虚无，是有也无，是无也有，它的蕴含的丰富，决定于我们自身生命的丰富，它似乎什么也未储藏，却储藏着无限的精神和想象。

奏响生命的乐章，那是对于自然神殿的回应，河流的声音，也是大自然的声音，这部诗集是从"大自然的多声部"开始的，这些不同的声响，是列车、老街、灰麻雀、枫林、影子、鸽子、上帝、黎明、枣树、青山、蓝天、桃花源、狮子山、梨花……，这所有的事物，都成为诗人笔下的声音，"被万物虚构"，"把春秋来信/送达一个失踪的地址"，"捕捉一段失踪的序曲"，"岁月的深处，除了小桥流水/还有一些风马牛的掌故"，这是我们随处可以在诗人的笔下拣出的佳句，就像美丽的音符，奏响着最美的乐章。

一个诗人或一个音乐家，只要擅长组织声音，他就不难成就人生最高的艺术，诗集的第二部分是"在枝头，或灿烂的蝴蝶"，果然，美丽的乐音，就把生命引向辉煌和高处了。在这里，诗人写到了早晨、桃花、鸟鸣等，"我分不清，哪一种声音才是落花/对流水的叹息"，"万物都在试图，说一些干净的话/接近自己清晰的影子"，"去年的那只鸟，从春天的体内/无缘无故地飞走了"，"当所有的故事，都成了童话/再多的算法也失去意义"，"鸟类虚构的天空，只有在合适的方向/才能寻找到，纯净与爱"……或许每一位优秀的诗人或艺术家，都是时代痛苦的歌者吧，他们的辉煌，不是独自在高处弹奏乐章，而是自己沉入了时代的苦难中，看到那虚幻和荒诞，而后才把那最痛苦的声音奏鸣出来。

这就有了诗集的第三辑"万物在风中倾斜"。风是奇妙的，既可以是春风化雨，春风宜人，也可以是寒风凛冽，寒风潇潇。不同的事物，在风雨有不同的姿态，每个人都要经历风雨，学会在风中成长，这也是诗人让我们看到。万物并不都是能够自在生长的，它总要在风中不断改变生长的姿势，但它仍旧要不屈服地生长。"乌鸦一样的城市/在春风的节奏里，向一朵蓝天倾斜"，"春风无亲，把一个误入歧途的人/从寒冷的栅栏，解放出来"，"一阵清风，就足以让无数的窗口/晴朗起来"。诗人是一个时代和社会的良知，他成为良知的声音，是朝向自我生命的真诚以实现的对于本己生命的回归和应答。诗人不做外在事物或权力的赞美者，而只书写个体在世界中的遭遇和呼喊，写出万物倾斜的姿态，就是向着诗人绽开的诗歌的本质，在书写万物的姿态中，诗人创造着本有和应有的世界。

第四辑"湿漉漉的记忆"，诗人把万物唤回历史，他要写远方、书房的隐喻、青春记忆、田园旧事、芒城遗址、西塘遗梦，写到了父亲、母亲和自己的少年。在这里，我们可以不读诗人的作品，只看这些题目，就可以感觉到诗人诗歌的结构，在朝向生命最内在的结构。诗人构思他的写作，既是在生活的意趣兴发中随处写来，但他又在以一种自由的深思，整顿着他的艺术的结构。第五辑"时光的另一种定义"，诗人又写时光了，这或许不同于他已经出版的《与时光伦理》的

"时光"，在这里，我们看到了这些标题"幸福的修辞""崇德里谈茶""老城的黄昏""桂花巷""廊桥的夜晚"。这些题目，都是从具有着历史沉淀的事物写来，让你去怀想，去揣摩。时光，岂非就是我们在和这些事物的各种关系里的印痕或碎片光影，有深有浅，有浓有淡。第六辑"每一片秋叶都是倒叙"，第七辑"风向与坐标"，逐渐把记忆，也是把生命的河流，把时光，不断拉向深处，拉向事事物物回溯的历史中，只有在人与万物的关系的追溯和探源中，我们可以确定我们的风向与坐标。人都是不能独自向前的，他要懂得，万物都与他有着关系。

　　一位读者，你们可能也如我一样，还没有来得及细读全诗，但你是否如我一样，感觉到了诗人的文字，已经将所有的他曾经感受到的或向他召唤的生命的精灵元素，织入了他的时光之河，装入了那一个看不见任何东西的看似虚无的空纸盒，在那个空纸盒里，有另一条隐秘的河流在不息地奔腾，那里有无声中的大声。故而，每一位读到这部诗集的读者啊，当你被诗人的诗句打动时，你可能无须为是否要一口气读完这部诗集而烦恼，你只需随处读起，去领会每一片树叶里的菩提，每一首诗篇，都隐藏着诗人的全部精神。你慢慢读啊，慢慢体会，不同的篇章，就将丰富这种精神，也同时丰富着你的世界。

　　诗歌不是外在的被研究对象，它就是诗人以此来与每一位读者实现心灵对话的，所有的秘密都在文字中，诗人不隐藏，但诗人也最擅长隐藏，在这样一部时光之书里，读者们，就去跟随诗人，去流经人生的明暗显隐的不同光阴吧。

何光顺：四川大学古籍整理研究所、四川省直机关党校哲学社会学教研部教授。

记 忆 的 空 纸 盒

后　记

　　这本诗集命名为《记忆的空纸盒》，是选取其中一首诗的标题，写这首诗，是我重读艾略特的《荒原》和《空心人》之后，联想现实世界的复杂情势和斑斓图景，有感而作。"空纸盒"既是一个时代的隐喻，更是身处这个不确定性时代的人们精神世界的隐喻。这样的隐喻，暗和于西方现代抽象主义画家对"几何形状"的热衷，"法无定，象无形"。从毕加索、乔治·布拉克到蒙德里安，他们的语言态度是追求简洁和空乏，以抽象的图形来构筑抽象的画面表达。追溯中国文化本质的"造象"之说，无形，源自"空性"，发于心灵。"空纸盒"最能体现由内而外的抽象的本质。我的诗是感物之作，语言与意象都是当下之符记。象外之言，是我追求的一种审美向度和精神旨归。在我看来，现实世界并非极简，却是更加地复杂化。对物象的虚化，并非抑制，更成为自由精神状态下，对应不同维度的，瞬息万变的宁静和信念。喧嚣的表象之外，一定有着永恒和谐的静谧空相，在表述一个满溢神性的世界，一种理想和生命的延续。

今年是T.S.艾略特的《荒原》发表100周年。《荒原》是对一个时代、一个世界的"命名"。为什么命名为"荒原"？有的批评家认为是第一次世界大战后西方世界的写照，也有人说"荒原"是神性消失后的人类生活本身。无论怎么理解，都必须建立在个体的生活经验之上。如同对一切伟大作品的阅读，都需要伴随我们对人生和世界的体验，需要某种"随时间而来的智慧"。我是在20世纪80年代就读于四川师范大学外语系时，接触到英美现代诗歌，从读赵萝蕤的《荒原》译本开始，T.S.艾略特的诗歌就对我产生了较为深刻的记忆和影响。

"爱略特的诗之所以令人注意者，不在他的宗教信仰，而在他有进一步的深刻表现法，有扩大错综的意识，有为整个人类文明前途设想的情绪"（叶公超语）。那个时候，我并不是完全理解其诗歌具有的这些特殊性，但委实感受到了一种艺术精神的至境。《荒原》这部百年前的长诗，不但没有"过时"，而且是"指向未来"的，它在不断引领我们"进入当下"，倾听我们身处的这个时代。从多种意义上看，我们仍生活在"荒原"中，就像艾略特本人从伦敦城里走过时感到仍生活在但丁时代一样。我们仍在自己的精神"荒原"中跋涉。

尤其令我感触的是艾略特在1925年创作的《空心人》，他在诗歌中，向人们展现了第一次世界大战后由理想的破灭，前途的渺茫而弥漫整个西方世界的极度哀伤与绝望情绪，用并置意象的方式再现了肉体上存在但精神上已经死去的人们，无法在超验的显现中找到人

记忆的空纸盒

生意义的，可悲的生存状态。对西方人面对现代文明濒临崩溃而产生的无聊、空虚和焦虑的精神状态进行了入木三分的刻画。人是空心人，头脑里塞满了稻草，人的声音"完全没有意义，像风吹在干草上"，而整个世界将在"嘘"的一声中结束。空心人是失去灵魂的现代人的象征。诗的题目《空心人》恰如其分地点明了没有追求，没有爱情，没有信念的人们的空虚的内心世界。（陈惠良：《末世的挽歌——诗歌〈空心人〉欣赏》中国北京：华北电力大学，2012）

艾略特之所以能以深邃而广阔的历史洞察力，穿透20世纪的困境与灾难本身，来反思整个人类生存状况和西方文明的衰落，正是由于受到基督教思想中整个人类堕落、末日来临的意象的深刻影响。艾略特的诗歌具有的独特魅力，让我产生了固执性的偏爱。每次重读他的作品，我都有一种新鲜感和钦佩感。正是由于艾略特、奥登、里尔克等诗人的激发和启示，让我找到了诗歌进入现代性的方式。除了这些诗人的诗歌作品的局部耳濡，现实世界的目染对我的诗歌创作具有整体性的影响。在这个空纸盒一样的世界里，随处可见被无休止的工作内卷而消耗一空的人群，这些后现代社会的空心人，"在城市化的加速度里无法抽身片刻，智慧、激情、干劲都在快速消耗着。他们不再考虑自己的工作对社会到底有怎样的用处，不再为工作中的细微进步和受人肯定而欢欣鼓舞，工作效率在下降、创意不断枯竭"，被"掏空"的身心也如一只空纸盒，在生活的秋风中漂浮不定。

"太阳之下无新事"。人世间的悲欢不断反复。当我们行走街头，随处可见，许多边缘人的生活轨迹，形同落叶，四处聚合散落。诸如小商贩、打工仔、快递小哥、程序员、陪酒者、乞讨者以及林林总总的边缘人，他们被时代、命运、人生或者他人作弄，正在经历着或已经经历过啼笑皆非的生活。面对一个复杂斑斓、变幻莫测的现实世界，他们不知所措又无可奈何的生存方式，比所谓的"空心人"更令人哀叹和绝望。对他们而言，"没有什么准确的语言可以为我们描述出人生的况味。在这种波澜壮阔的时代背景面前，其实所谓的命运，所谓的人，何其之大，又何其之小"。

在拥抱数字化时代的同时，不可忽视，我们身边依然存在着许许多多这样的苍生。"无论时代如何变化，搅弄风云的永远是那么一小撮人，大多数的人，渺小到可以忽略不计"。无论他们，还是我们，可能都是如此。一个被时代迅速遗忘的，渺小的空纸盒，在叫作命运的大海上漂忽不定，承受各种可以预料，抑或难料的艰难困厄。人间的故事，像一些电影蒙太奇镜头，所有相似的爱恨苦楚在每一个暗盒里不断闪回，在不同的人身上反复上演。

时代犹如空纸盒。毫无疑问，后工业社会这个时代的纸盒子，正在被物质、经济和消费主义的喧嚣持续不断地填充。一方面，地球这个盒子再大，也难以承载人类的全部欲望；另一方面，我们现实生活的东西，都是